BUKOWSKI

# BUKOWSKI

# Factótum

Tradução
Emanuela Siqueira

HarperCollins

Rio de Janeiro, 2023

Publicado mediante acordo com a Ecco, um selo da HarperCollins Publishers.
Título original: *Factotum*



Publisher: *Samuel Coto*
Editora executiva: *Alice Mello*
Editora: *Lara Berruezo*
Editoras assistentes: *Anna Clara Gonçalves e Camila Carneiro*
Assistência editorial: *Yasmin Montebello*
Copidesque: *Thaís Lima*
Revisão: *Vanessa Sawada*
Design de capa: *Flávia Castanheira*
Ilustração de capa: *Fabio Zimbres*
Diagramação: *Abreu's System*

Dados Internacionais de Catalogação na Publicação (CIP)
(Câmara Brasileira do Livro, SP, Brasil)

Bukowski, Charles, 1920-1994
Factótum / Charles Bukowski ; [tradução Emanuela Siqueira]. – 1. ed. – Rio de Janeiro : HarperCollins Brasil, 2023.
Título original: Factotum
ISBN 978-65-6005-030-3
1. Ficção norte-americana I. Título.

23-157695 CDD-813

Índices para catálogo sistemático:
1. Ficção : Literatura norte-americana 813

Aline Graziele Benitez - Bibliotecária - CRB-1/3129



HarperCollins Brasil é uma marca licenciada à Casa dos Livros Editora LTDA.
Todos os direitos reservados à Casa dos Livros Editora LTDA.
Rua da Quitanda, 86, sala 218 — Centro
Rio de Janeiro, RJ — CEP 20091-005
Tel.: (21) 3175-1030
www.harpercollins.com.br

*Para John e Barbara Martin*

# Sumário

Quem escreve romances não quer ver um leão comer grama. Percebe que um mesmo Deus criou o lobo e o cordeiro, e sorriu, "vendo que o trabalho estava bom".

— *André Gide*

# 1

Cheguei em Nova Orleans, debaixo de chuva, às cinco da manhã. Fiquei sentado na rodoviária por um tempo, mas aquela gente me deprimiu, então peguei minha mala e comecei a andar na chuva mesmo. Eu não sabia onde ficavam as pensões, nem onde era a parte pobre.

A minha mala era de papelão e estava caindo aos pedaços. Ela já tinha sido preta, mas o verniz descascou e só aparecia o papelão amarelo. Eu tentei resolver passando pasta de sapato preto por cima do papelão exposto. Conforme eu andava na chuva, a pasta escorria e, sem perceber, fiquei com umas listras pretas nas duas pernas da calça porque trocava a mala de uma mão para a outra.

Bom, era uma cidade nova. Quem sabe eu daria sorte.

Parou de chover e o sol saiu. Eu estava no bairro negro. Caminhei mais devagar.

— *Ei, branquelo de merda!**

---

* Em inglês, *"white trash"* é um termo pejorativo usado para se referir a pessoas brancas e pobres. Segundo a historiadora Nancy Isenberg, no livro *White Trash: The 400-Year Untold History of Class in America* (2017) [Lixo branco: os 400 anos de história não contada sobre classe na América, em tradução livre], o termo apareceu, pela primeira vez, em um jornal estadunidense na década de 1820. Porém, o termo teria origem ainda na época da colonização britânica, com a ideia de que as colônias eram lugares que funcionavam como depósitos de pessoas indesejáveis, ou seja, presidiários, pobres, desempregados etc.. [*N.T.*]

Coloquei a mala no chão. Uma mulher negra de pele clara* estava sentada nas escadas da varanda, balançando as pernas. Era uma mulher bonita.

— *Olá, seu branquelo de merda!*

Não respondi, só fiquei ali parado, olhando para ela.

— *Quer dar umazinha, branquelo de merda?*

Ela ria da minha cara. Estava com as pernas cruzadas e dava chutinhos com os pés; tinha umas pernas bonitas, estava montada em um salto, esperneava e ria. Peguei a mala e me aproximei dela pela calçada. Quando fiz isso, notei uma cortina lateral se mexer um pouco na janela à minha esquerda. Vi o rosto de um homem negro. Ele era a cara do Jersey Joe Wolcott**. Recuei o passo. A risada da mulher me seguiu pela rua.

---

* O termo usado pelo autor é "high yellow" e, segundo o dicionário Collins, é usado de forma pejorativa para denominar uma pessoa negra de pele clara ou, ainda, uma pessoa negra que seja filha de casal birracial. Optou-se, de forma deliberada, por uma expressão que não fosse racista em português brasileiro. [*N.T.*]

** Jersey Joe Walcott (1914-1994), também grafado como Wolcott, como no livro, foi um pugilista estadunidense. Filho de imigrantes do Barbados, foi campeão várias vezes na categoria peso-pesado. [*N.T.*]

# 2

Peguei um quarto no segundo andar, bem de frente para um bar chamado The Gangplank Cafe. Do meu quarto eu podia ver o interior do bar pelas portas abertas. Tinha umas figuras mal-encaradas naquele lugar, figuras interessantes. À noite, eu ficava no quarto, bebendo vinho e olhando a galera no bar enquanto meu dinheiro ia sumindo. Durante o dia, eu fazia caminhadas longas e lentas. Sentava por horas, encarando os pombos. Comia só uma vez por dia para o dinheiro durar mais. Achei uma bodega encardida de um cara tão sujo quanto, mas dava para ter um café da manhã farto — com panqueca, mingau e linguiça — por uma ninharia.

# 3

Um dia, como de costume, eu saí na rua para dar uma volta. Me sentia feliz e relaxado. O sol estava no ponto. Havia uma paz no ar. Ao me aproximar da metade da quadra, vi um homem parado em frente à porta de uma loja. Segui andando.

— Ei, *amigão*!

Parei e me virei.

— Quer um emprego?

Voltei até onde ele estava. Por cima do seu ombro eu conseguia ver uma grande sala escura. Tinha uma mesa comprida com homens e mulheres em pé dos dois lados dela. Essas pessoas empunhavam martelos e batiam em objetos à frente. Na penumbra, os objetos pareciam ser mariscos. Cheiravam a mariscos. Me virei e continuei andando.

Lembrei como meu pai costumava chegar em casa todas as noites e falava com minha mãe sobre o serviço. Esse papo de trabalho começava assim que ele botava os pés em casa, continuava na mesa do jantar e terminava no quarto, onde, lá pelas oito da noite, ele gritava "Apaguem as luzes!". Assim, ele podia descansar e ter toda a energia necessária para o serviço do dia seguinte. Não havia outro assunto senão o trabalho. O único assunto era o trabalho.

Na esquina, fui parado por outro homem.

Ele começou com:

— Olha só, meu amigo...

— Sim? — respondi.

— Olha só, eu sou um veterano da Primeira Guerra Mundial. Coloquei minha vida em risco por este país, mas ninguém me contrata, ninguém me dá um emprego. Não estão nem aí para o que eu fiz. Estou com fome, me dá uma ajuda...

— Estou sem trabalho.

— Quer dizer que está desempregado?

— Isso mesmo.

Me afastei e atravessei a rua. O cara gritou.

— *Você tá mentindo! Você trabalha. Você tem emprego!*

Em poucos dias eu estava procurando por um.

# 4

Ele era um homem atrás da mesa com um aparelho auditivo, o fio corria pela lateral do rosto e para dentro da camisa, onde ele escondia a bateria. O escritório era escuro e confortável. O homem vestia um terno marrom puído, uma camisa branca amassada e uma gravata desfiada nas bordas. O nome dele era Heathercliff.

Eu tinha visto o anúncio no jornal local e o lugar ficava perto de onde eu estava.

PROCURA-SE JOVEM AMBICIOSO COM VISÃO DE FUTURO.
NÃO É NECESSÁRIO EXPERIÊNCIA.
COMECE NAS ENTREGAS E SUBA DE CARGO.

Esperei do lado de fora com cinco ou seis jovens, todos se esforçando para parecerem ambiciosos. Preenchemos nossas fichas de emprego e aguardamos. Fui o último a ser chamado.

— Sr. Chinaski, o que te fez deixar os pátios das ferrovias?

— Bom, eu não vejo futuro nelas.

— É um emprego com bons sindicatos, convênio e aposentadoria.

— Na minha idade, a aposentadoria pode quase ser considerada supérflua.

— Por que o senhor veio para Nova Orleans?

— Tinha muitos amigos em Los Angeles, amigos que eu sentia que estavam atrapalhando minha carreira. Queria ir para onde eu pudesse me concentrar sem ser amolado.

— Como sabemos que o senhor ficará conosco por algum tempo?

— Talvez eu não fique.

— Por quê?

— Seu anúncio afirmava que havia futuro para um homem ambicioso. Se não há futuro aqui, então eu vou embora.

— Por que o senhor não fez a barba? Perdeu uma aposta?

— Ainda não.

— Ainda não?

— Não. Apostei com meu senhorio que conseguiria um emprego em um dia, mesmo com esta barba.

— Tudo bem, entraremos em contato.

— Eu não tenho telefone.

— Está certo, então, sr. Chinaski.

Saí e voltei para meu quarto. Desci pelo corredor sujo e tomei um banho quente. Vesti de novo minhas roupas e fui comprar uma garrafa de vinho. Voltei para o quarto, sentei perto da janela, bebendo e observando as pessoas no bar, vendo outras passarem. Bebi devagar e voltei ao pensamento de arrumar uma arma e acabar com tudo de uma vez, sem falatório e ponderação. Uma questão de intuição. Eu me perguntava sobre a minha. Terminei a garrafa, fui para a cama e dormi. Acordei por volta das quatro da tarde, com uma batida na porta. Era um garoto de entregas da Western Union*. Abri o telegrama:

SR. H. CHINASKI, APRESENTE-SE AO TRABALHO
AMANHÃ, ÀS 8H. R.M. HEATHERCLIFF CO..

* Nessa época eram, literalmente, crianças que faziam as entregas da empresa. [N.T.]

# 5

Era uma distribuidora de revistas. A gente ficava em pé na mesa de empacotamento, verificando os pedidos para ver se as quantidades coincidiam com as faturas. Depois, assinávamos a nota fiscal e fazíamos a embalagem do pedido para enviar no correio, ou separávamos as revistas para a entrega local, que era feita de caminhão. O trabalho era fácil e sem graça, mas os funcionários estavam em um constante estado de agitação. Se preocupavam com os empregos. Eram uma mistura de mulheres e homens jovens, e parecia não haver qualquer tipo de supervisão. Passaram algumas horas e duas mulheres começaram a discutir. Alguma coisa a ver com as revistas. Estávamos embalando gibis e algo deu errado do outro lado da mesa. As duas mulheres ficaram violentas enquanto a discussão avançava.

— Pessoal — falei —, não vale a pena nem ler essas revistinhas, imagina discutir sobre elas.

— Tá bom — disse uma das mulheres —, a gente sabe que você se acha bom demais para esse trabalho.

— Bom demais?

— Sim, esse teu jeito. Você acha que a gente não percebe?

Foi aí que eu aprendi pela primeira vez que não bastava *fazer* o trabalho, você precisava ter interesse nele, quem sabe até ser apaixonado pela coisa.

Fiquei lá por três ou quatro dias, e na sexta-feira recebemos o pagamento referente a todas as horas trabalhadas. Nos deram envelopes amarelos com notas verdes e o valor contado. Dinheiro vivo, nada de cheques.

Perto do horário de saída, o motorista do caminhão de entrega voltou um pouco mais cedo. Sentou em uma pilha de revistas e fumou um cigarro.

— Pois é, Harry — disse ele a um dos funcionários —, hoje me deram um aumento. Ganhei dois dólares a mais.

Quando saí, parei para comprar uma garrafa de vinho, subi para o meu quarto, bebi um pouco, depois desci e liguei para a firma. O telefone tocou bastante. Enfim, o sr. Heathercliff atendeu. Ele ainda estava lá.

— Sr. Heathercliff?

— Sim?

— Aqui é o Chinaski.

— Pois não, sr. Chinaski?

— Eu quero um aumento de dois dólares.

— Quê?

— Isso mesmo. O motorista do caminhão de entrega ganhou um aumento.

— Mas ele está conosco há dois anos.

— Eu preciso de um aumento.

— No momento estamos lhe pagando dezessete dólares por semana, e você está pedindo dezenove?

— Isso mesmo. Vão me dar ou não?

— Nós não temos como fazer isso.

— Então eu me demito. — Desliguei.

# 6

Na segunda-feira eu estava de ressaca. Fiz a barba e fui atrás de um anúncio que vi no jornal. Me sentei, e do outro lado estava o editor, um homem de mangas curtas e depressões profundas ao redor dos olhos. Parecia que ele não dormia há uma semana. Lá dentro era frio e escuro. Era a sala de montagem de um dos dois jornais da cidade, o menor deles. Homens estavam sentados em mesas sob lâmpadas de leitura, trabalhando com cópias.

— Doze dólares por semana — propôs ele.

— Tudo bem — respondi —, eu topo.

Eu trabalhava com um homenzinho gordo que tinha uma barriga nada saudável. Ele usava um relógio de bolso antiquado, preso em uma corrente dourada, vestia colete e um boné verde, tinha lábios grossos e uma expressão carnosa e sombria. As linhas do rosto não eram interessantes e sequer tinham personalidade; a cara parecia ter sido dobrada várias vezes e depois alisada, como se fosse um pedaço de papelão. Usava sapatos quadrados bregas e mascava tabaco, cuspindo o sumo em uma escarradeira no chão.

— O sr. Belger — disse ele sobre o homem que precisava dormir — trabalhou duro para erguer este jornal. Ele é um bom homem. Estávamos à beira da falência até ele aparecer.

Ele me deu uma olhada.

— Normalmente dão esse emprego para um estagiário.

*Um sapo,* pensei, *é o que ele é, isso, sim.*

— Quero dizer — explicou —, esse trabalho costuma ser dado a um estudante. Ele pode estudar enquanto espera uma ligação. Você estuda?

— Não.

— Esse trabalho em geral é para quem estuda.

Voltei para a minha sala e sentei. Estava abarrotada de fileiras e fileiras de gavetas de metal, e dentro delas ficavam as gravuras em zinco que tinham sido usadas nos anúncios. Muitas dessas gravuras eram usadas inúmeras vezes. Havia também muitos tipos – com nomes de clientes e logomarcas. O gordo gritava "Chinaski!", e eu ia ver qual anúncio ou que tipo ele queria. Muitas vezes eu era enviado ao jornal concorrente para pegar emprestado alguns dos tipos. Eles também pegavam os nossos. Era uma caminhada agradável, e eu achei um lugar em um beco onde podia tomar um copo de cerveja por alguns centavos. O gordo não me chamava muito, e o lugar da cerveja barata se tornou minha distração. O gordo começou a sentir minha falta. No começo, ele só me olhava com uma cara desagradável, até que um dia me perguntou:

— Onde você estava?

— Lá fora, tomando uma cerveja.

— Este é um trabalho para estudantes.

— Eu não sou estudante.

— Vou ter que ter que mandá-lo embora. Preciso de alguém que esteja aqui com total disponibilidade.

O gordo me levou até o Belger, que parecia cansado como nunca.

— Este é um trabalho para estudantes, sr. Belger. Receio que esse homem não se encaixe. Precisamos de um estudante.

— Está bem — disse Belger. O gordo saiu todo estufado da sala.

— Quanto te devemos? — perguntou Belger.

— Cinco dias.

— Certo, leve isso ao RH.

— Ouça, Belger, aquele velho miserável é nojento.

Belger suspirou.

— Jesus, não me diga?

Desci para o RH.

# 7

A gente ainda estava em Louisiana. Tínhamos que encarar uma longa viagem de trem pelo Texas. Nos deram latas de comida, mas nada de abridores. Deixei minhas latas no chão e me estiquei no banco de madeira. Os outros homens estavam reunidos na parte da frente do vagão, rindo e conversando. Fechei os olhos.

Depois de uns dez minutos, senti uma poeira subindo pelas fendas do banco. Era uma poeira muito velha, poeira de caixão, e fedia a morte, a algo que já estava morto havia muito tempo. Ela entrava pelas minhas narinas, se assentava nas minhas sobrancelhas e tentava invadir minha boca. Depois, ouvi sons de uma respiração ofegante. Pelas fendas pude ver um homem acocorado atrás do banco, soprando a poeira no meu rosto. Me sentei. O homem se esgueirou para fora do espaço atrás do banco e correu para a frente do vagão. Limpei meu rosto e o encarei. Era difícil acreditar.

— Se ele partir pra cima, quero que vocês me ajudem — ouvi ele dizer. — Prometam que vão me ajudar...

O bando me deu uma olhada. Me estiquei no banco de novo. Eu podia ouvi-los conversando:

— O que esse cara tem?

— Quem ele pensa que é?

— Não fala com ninguém.

— Só fica lá atrás, sozinho.

— Quando a gente levar ele lá para fora, vamos cuidar disso. Desgraçado.

— Você acha que consegue pegar ele, Paul? Para mim ele parece um maluco.

— Se eu não conseguir, alguém consegue. Ele vai comer formiga na nossa mão.

Passado um tempo, fui até a frente do vagão para beber água. Quando passei por eles, pararam de falar e me observaram em silêncio enquanto eu bebia do copo. Então, quando me virei e voltei para o meu canto, eles retomaram a conversa.

O trem fez muitas paradas, noite e dia. Em cada uma onde havia um pouco de área verde e uma cidade pequena por perto, um ou dois dos homens saltavam.

— Ei, o que aconteceu com o Collins e o Martinez?

O encarregado ia pegar a prancheta e riscar o nome deles da lista. Ele veio até mim.

— Quem é você?

— Chinaski.

— Vai continuar com a gente?

— Eu preciso do emprego.

— Ok. — E saiu.

Em El Paso, o encarregado veio e disse que íamos trocar de trem. Ganhamos um vale para uma noite em um hotel próximo e um de refeição para usar em uma lanchonete local; também nos deram instruções sobre como, quando e onde pegar o próximo trem na manhã seguinte.

Esperei do lado de fora da lanchonete enquanto os homens comiam e só entrei quando eles saíram limpando os dentes e conversando.

— Vamos dar um jeito nele, esse filho da mãe!

— Cara, eu odeio esse filhote de cruz-credo.

Entrei e pedi um bife de hambúrguer com cebola e feijão. Não tinha manteiga para o pão, mas o café estava bom. Eles já tinham ido embora quando eu saí. Um mendigo estava caminhando pela calçada em minha direção. Dei para ele o meu vale do hotel.

Passei aquela noite no parque. Parecia mais seguro. Eu estava cansado, e aquele banco duro nem me incomodou. Dormi.

Algum tempo depois, fui acordado pelo que parecia ser um rugido. Eu nem sabia que jacarés rugiam. Para ser mais exato, eram várias coisas: um rugido, uma respiração agitada e um sibilar. Também ouvi o som de mandíbulas estalando. Um marinheiro bêbado estava no centro da lagoa, segurando um dos jacarés pelo rabo. A criatura tentava se torcer e alcançar o marinheiro, mas não era fácil. As mandíbulas eram horripilantes, mas também lentas e descoordenadas. Outro marinheiro e uma jovem observavam e riam. Logo depois, o marinheiro deu um beijo na garota e ambos foram embora juntos, deixando o outro lutando com o jacaré...

Em seguida foi a vez do sol me acordar. Minha camisa estava quente, quase pegando fogo. O marinheiro tinha desaparecido. O jacaré também. Em um banco do meu lado direito estavam uma garota e dois caras jovens. Era óbvio que os três também tinham dormido no parque naquela noite. Um dos rapazes se levantou.

— Mickey — disse a garota —, você tá de pau duro!

Riram.

— Quanto dinheiro a gente tem?

Puxaram os bolsos para fora. Tinham uma moeda.

— E aí, o que a gente vai fazer?

— Sei lá. Vamos dar uma volta.

Fiquei observando o trio sair do parque e entrar na cidade.

# 8

Quando o trem chegou em Los Angeles, fizemos uma parada de dois ou três dias. De novo nos deram vales de hotel e refeição. Dei os do hotel para o primeiro mendigo que encontrei. Enquanto eu caminhava, procurando a lanchonete onde usaria o meu vale refeição, acabei seguindo dois dos homens que fizeram a viagem desde Nova Orleans. Dei uma acelerada para me aproximar deles.

— Como vão, colegas? — perguntei.

— Opa, tudo bem, tudo tranquilo.

— Mesmo? Nada incomodando?

— Não, está tudo bem.

Segui adiante e encontrei a lanchonete. Serviam cerveja, e foi por isso que troquei meus vales. O bando inteiro da ferrovia estava lá. Quando meus vales acabaram, fiquei só com uns trocados que mal davam para pegar um bonde de volta à casa dos meus pais.

# 9

Minha mãe gritou assim que abriu a porta.

— *Meu filho! É você?*

— Preciso dormir um pouco.

— Seu quarto está sempre esperando.

Fui para o quarto, tirei a roupa e escalei a cama. Minha mãe me acordou lá pelas seis da tarde.

— Seu pai chegou.

Levantei e comecei a me vestir. A janta estava na mesa quando entrei.

Meu pai era um homem grande, maior que eu, e de olhos castanhos — os meus eram verdes. Ele tinha um nariz enorme, e era impossível não reparar nas orelhas. As orelhas dele pareciam querer saltar para fora da cabeça.

— Preste atenção — disse ele —, se você for ficar, eu vou cobrar quarto, comida e roupa lavada. Quando você arrumar um emprego, o que estiver devendo será tirado do seu salário até você ficar em dia com os seus pais.

Jantamos em silêncio.

# 10

Minha mãe tinha acabado de arrumar um trabalho. Ela iria começar no dia seguinte, o que deixou a casa só para mim. Após o café da manhã, e depois que meus pais saíram, tirei a roupa e voltei para a cama. Me masturbei e depois peguei um caderno velho da escola para ficar anotando a velocidade dos aviões que passavam. Enfeitei as anotações com uns desenhos agradavelmente obscenos. Eu sabia que meu pai me cobraria preços hediondos pelo quarto, comida e roupa lavada, e que ele também teria o devido cuidado de me colocar como dependente na declaração de imposto de renda, mas eu também não tinha vontade alguma de procurar trabalho.

Enquanto relaxava na cama, tive essa sensação estranha na cabeça. Era como se meu crânio fosse feito de algodão, ou fosse um balãozinho cheio de ar. Dava para sentir um *espaço* dentro do meu crânio. Não conseguia entender. Logo parei de pensar nisso. Eu estava confortável, não era angustiante. Ouvia música sinfônica enquanto fumava os cigarros do meu pai.

Levantei e fui para a sala. Na casa da frente, avistei uma dona de casa jovem. Ela usava um vestido marrom curto e justo. Sentou na escada, que ficava com exatidão do outro lado da rua.

Eu conseguia ver tudo por baixo da roupa dela. Fiquei assistindo por trás das cortinas da janela, olhando para aquele vestido. Me excitei. Por fim, me masturbei de novo. Tomei banho, me vesti e fumei mais. Saí de casa por volta das cinco da tarde e fui dar uma boa caminhada, andando por quase uma hora.

Quando voltei, meus pais já estavam em casa. A janta estava quase pronta. Fui para o meu quarto e esperei me chamarem. Chamaram. Fui até a mesa.

— Pois bem — disse meu pai —, arrumou emprego?

— Não.

— Escute aqui, quando um homem quer trabalhar, ele arruma trabalho.

— Pode ser.

— Eu não consigo acreditar que você seja meu filho. Você não tem qualquer ambição, qualquer iniciativa. Mas que inferno. De que jeito você vai se virar nesse mundo?

Ele engoliu uns grãos de ervilha e falou de novo:

— Que cheiro de cigarro é esse? *Aaargh!* Tive que abrir todas as janelas! Estava um bafo *azul*!

# 11

No dia seguinte, depois que meus pais saíram, voltei para ficar mais um pouco na cama. Quando me levantei, fui para a sala e dei uma olhada, por entre as cortinas, lá para fora. A dona de casa estava sentada de novo na escada do outro lado da rua. Ela usava um vestido diferente, mais sexy. Fiquei bastante tempo olhando para ela. Aí me masturbei devagar e à vontade.

Tomei banho e me vesti. Achei umas garrafas vazias na cozinha e fiz uns trocados na mercearia. Encontrei um bar na avenida, entrei e pedi um chope. Tinha uma penca de bêbados mexendo na *jukebox*, rindo e falando alto. De vez em quando, um chope chegava para mim. Alguém estava pagando. Eu bebia. Comecei a conversar com as pessoas.

Aí olhei para fora. Já estava escurecendo. Os chopes continuavam chegando. A mulher gorda, que era dona do bar, e o namorado eram simpáticos.

Fui lá para fora uma vez para brigar com alguém. Não foi uma briga boa. A gente estava muito bêbado e tinha uns buracões no asfalto do estacionamento que dificultavam o equilíbrio. Desistimos...

* * *

Acordei muito tempo depois em um banco acolchoado e vermelho no fundo do bar. Me levantei e dei uma olhada ao redor. Todo mundo já tinha ido. O relógio marcava três e quinze da madrugada. Tentei a porta, mas estava trancada. Fui para trás do balcão e peguei uma garrafa de cerveja, abri, voltei e me sentei. Depois fui atrás de um charuto e um saco de batatas fritas. Terminei minha cerveja, levantei e encontrei uma garrafa de vodca, outra de uísque, e me sentei de novo. Misturei tudo com água; fumei cigarros e comi carne seca, batatas fritas e ovos cozidos.

Fiquei bebendo até as cinco da manhã. Dei uma limpada no bar, guardei tudo, fui até a porta e caí fora. Assim que saí, vi um carro com policiais se aproximando. Eles vinham devagar atrás de mim enquanto eu caminhava.

Depois de uma quadra, pararam do meu lado. Um policial colocou a cabeça para fora.

— Ei, companheiro!

Os faróis estavam na minha cara.

— O que você está fazendo?

— Indo para casa.

— Você mora por aqui?

— Sim.

— Onde?

— Na Longwood Avenue, 2.122.

— O que você estava fazendo, saindo daquele bar?

— Eu sou o zelador.

— E quem é o dono?

— Uma senhora chamada Jewel.

— Entre no carro.

Entrei.

— Mostra para a gente onde você mora.

Eles me levaram para casa.

— Agora vai lá e toca a campainha.

Fui até a entrada. Entrei na varanda, toquei a campainha. Ninguém atendeu.

Toquei de novo, várias vezes. Enfim a porta abriu. Meus pais estavam de pijama e roupão.

— *Você está bêbado!* — gritou meu pai.

— Estou mesmo.

— Onde você arruma dinheiro para beber? Você não tem nada!

— Vou arrumar um emprego.

— *Você está bêbado! Bêbado! Meu filho é um bebum! Um maldito bebum imprestável!*

Os cabelos do meu pai estavam em pé, em tufos espetados. As sobrancelhas estavam arrepiadas, o rosto inchado e corado de sono.

— Você age como se eu tivesse matado alguém.

— *É tão ruim quanto!*

— ...Ai, merda...

De supetão, vomitei no tapete persa com o desenho de uma árvore da vida. Minha mãe gritou. Meu pai pulou para cima de mim.

— Sabe o que a gente faz com um cachorro quando ele caga no tapete?

— Sei sim.

Ele pegou na parte de trás do meu pescoço. Pressionou para baixo, me forçando a me curvar. Ele estava tentando me fazer ajoelhar.

— Vou te mostrar.

— Não....

Meu rosto estava quase encostando no vômito.

— Vou te mostrar o que a gente faz com cachorro!

Eu me levantei do chão com o punho em riste. Foi um soco perfeito. Ele cambaleou para trás até chegar ao outro lado da sala e sentou no sofá. Eu fui junto.

— Levanta.

Ele ficou lá sentado. Ouvi minha mãe:

— *Você bateu no seu pai! No seu pai! Você bateu no seu pai!*

Ela deu um berro, e com as próprias unhas rasgou um lado do meu rosto.

— Levanta — falei para o meu pai.

— *Você bateu no seu pai!*

Ela arranhou meu rosto de novo. Virei para olhar. Ela rasgou o outro lado. Sangue escorria pelo meu pescoço, encharcando camisa, calça, sapatos e tapete. Ela baixou as mãos e me encarou.

— Deu?

Ela nem respondeu. Voltei para o quarto pensando que era melhor mesmo arrumar um emprego.

# 12

Fiquei no meu quarto até os dois saírem na manhã seguinte. Peguei o jornal e fui direto para a página de "Precisa-se". Meu rosto doía e eu ainda estava enjoado. Marquei uns anúncios, fiz a barba do jeito que deu, tomei umas aspirinas, me vesti e fui andando até o Boulevard. Apontei o dedão para pedir carona. Os carros só passavam. Até que um parou e eu entrei.

— Hank!

Era Timmy Hunter, um cara das antigas. A gente tinha estudado junto na Los Angeles City College.

— O que você anda fazendo, Hank?

— Procurando emprego.

— Eu estou indo para o sul do estado. O que aconteceu com o seu rosto?

— Unha de mulher.

— Sério?

— Sério. Timmy, eu preciso de uma bebida.

Timmy estacionou no primeiro bar que apareceu. Entramos, e ele pediu duas cervejas.

— Que tipo de emprego tu tá procurando?

— Repositor, entregador, zelador.

— Escuta, eu tenho um dinheiro em casa. Conheço um bom bar em Inglewood. Podemos ir lá.

Ele estava morando com a mãe. Nós entramos, e a senhora olhou por cima do jornal:

— Hank, não vá embebedar o Timmy.

— Como vai, sra. Hunter?

— Da última vez que vocês saíram, os dois acabaram na cadeia.

Timmy levou os livros para o quarto e saiu.

— Vamos — disse.

O lugar tinha uma decoração havaiana e estava lotado. Um cara falava ao telefone:

— Você tem que mandar alguém buscar o caminhão. Estou bêbado demais para dirigir. Sim, eu sei que perdi o maldito emprego, venha logo pegar o caminhão!

Timmy pagou, e nós dois bebemos. A conversa até que ia bem. Uma loirinha estava olhando para mim e exibindo as pernas. Timmy seguia tagarelando. Falava sobre a faculdade: como a gente deixava garrafas de vinho no armário; sobre Popoff e as armas de madeira dele; sobre Popoff e as armas de verdade dele; sobre quando atiramos no casco de um barco em Westlake Park e o afundamos; sobre a vez em que os estudantes fizeram greve no ginásio da faculdade.

As bebidas não paravam de chegar. A loirinha foi embora com outra pessoa. A *jukebox* tocava. Timmy continuou falando. Escureceu. Fomos enxotados do bar, seguimos andando, procurando outro lugar para beber. Já eram dez da noite. A gente mal conseguia ficar de pé. A rua estava lotada de carros.

— Timmy, vamos dar uma descansada.

Aí vi aquilo. Uma funerária, tipo uma mansão colonial, com iluminação e uma ampla escadaria branca levando até a varanda.

A gente subiu até quase a metade da escadaria. Acomodei Timmy com cuidado em um dos degraus. Endireitei as pernas dele e coloquei os braços com esmero ao lado do corpo. Por fim, deitei em uma posição semelhante no degrau abaixo dele.

# 13

Acordei em um quarto. Sozinho. O dia estava clareando. Fazia frio. Eu estava de camisa. Tentei raciocinar. Levantei do beliche duro e fui até a janela. Tinha grades. Lá estava o Oceano Pacífico. (Por algum motivo, eu estava em Malibu.) Cerca de uma hora depois, o carcereiro veio, batendo em pratos e bandejas de metal. Ele me passou o café da manhã. Sentei e comi, ouvindo o oceano.

Quarenta e cinco minutos depois, fui levado para o lado de fora. Tinha um bando de homens algemados todos juntos, formando uma única e longa corrente. Caminhei até a ponta e estendi as mãos. O guarda disse:

— Você não.

Ganhei meu próprio par de algemas. Dois policiais me enfiaram em uma viatura e partimos.

Chegamos em Culver City e estacionamos atrás do fórum. Um dos policiais saiu comigo. Entramos pelos fundos e sentamos na primeira fileira do tribunal. O policial tirou as algemas. Não vi Timmy em lugar algum. Como esperado, o juiz demorou para entrar. Meu caso era o segundo.

— Você é acusado de embriaguez pública e de obstrução do tráfego.* Dez dias ou trinta dólares.

Me declarei culpado, mesmo sem entender o que ele quis dizer sobre obstruir o tráfego. O policial me tirou dali e me colocou no banco de trás do carro.

— Você saiu fácil dessa — falou. — Vocês travaram o trânsito por mais de um quilômetro. Foi o pior engarrafamento da história da cidade de Inglewood.

Em seguida, me levou para a penitenciária do condado de Los Angeles.

* Embriaguez pública é considerada crime de delito leve no estado da Califórnia, nos Estados Unidos. Se alguém, como é o caso de Chinaski e do amigo Timmy dormindo nas escadarias de uma funerária, estiver demonstrando, de forma pública, embriaguez ou estiver sob efeitos de drogas, também estará "obstruindo o tráfego" de pessoas e ou veículos, dependendo da situação. Hoje em dia, a pessoa não é mais encaminhada a um tribunal, como aconteceu na época da história, mas pode ser presa caso se apresente combativa. [*N.T.*]

# 14

Meu pai chegou com os trinta dólares à noite. Ao sairmos, os olhos dele estavam marejados.

— Você arruinou os seus pais — disse. Parece que eles conheciam um dos policiais que lhe perguntou: "Sr. Chinaski, o que seu filho está fazendo aqui?".

— Eu fiquei tão envergonhado. Nunca poderia imaginar o meu próprio filho preso.

Fomos até o carro dele e entramos. Ele arrancou. Ainda estava chorando.

— Já é ruim o suficiente você não querer servir o próprio país na guerra...

— O psicólogo disse que eu era inadequado.

— Meu filho, se não fosse pela Primeira Guerra Mundial, eu nunca teria conhecido sua mãe e você nunca teria nascido.

— Tem cigarro?

— Agora você foi preso. Uma coisa dessas poderia matar sua mãe.

Passamos por alguns bares baratos na baixa Broadway.

— Vamos entrar e beber alguma coisa.

— O quê? Você quer dizer que teria coragem de beber logo depois de sair da cadeia por embriaguez?

— É justamente quando mais se precisa de uma bebida.

— Não ouse contar para sua mãe que você queria beber logo depois de sair da cadeia — ele me alertou.

— Preciso dar umazinha também.

— Quê?

— Eu disse que também preciso dar umazinha.

Ele quase passou o sinal vermelho. Seguimos em silêncio.

— A propósito — disse ele, enfim —, acho que você sabe que a multa da prisão será adicionada ao seu quarto, comida e roupa lavada, né?

# 15

Arrumei emprego em um depósito de autopeças perto da Flower Street. O gerente era um homem alto e feio, magrelo. Ele sempre me contava quando transava com a esposa na noite anterior.

— Eu transei com a minha esposa ontem à noite. Faça primeiro aquele pedido dos irmãos Williams.

— Estamos sem flanges K-3.

— Deixe como pendente.

Carimbei PENDENTE na nota fiscal e na fatura.

— Eu transei com minha esposa ontem à noite.

Fechei o pacote dos irmãos Williams, etiquetei, pesei e colei os selos.

— Foi muito bom.

Ele tinha bigode e cabelos claros e não tinha bunda.

— Ela mijou no final.

# 16

Nessa época a minha conta do quarto, comida e roupa lavada etc. estava tão alta que precisei de vários adiantamentos para saldar a dívida. Fiquei em casa até fechar a conta e me mudei logo depois. Eu não tinha como pagar aquelas despesas.

Achei uma pensão perto do meu trabalho. A mudança foi fácil. Eu tinha só o suficiente para encher metade de uma mala...

A proprietária era Mama Strader, uma falsa ruiva de boa aparência que tinha um monte de dentes de ouro na boca e um namorado idoso. Na primeira manhã ela me chamou na cozinha e disse que me daria uma dose de uísque se eu fosse até o quintal alimentar as galinhas. Fui, depois fiquei na cozinha bebendo com ela e Al, o namorado. Cheguei uma hora atrasado no trabalho.

Na noite seguinte bateram na minha porta. Era uma mulher gorda, de uns quarenta e poucos anos. Ela segurava uma garrafa de vinho.

— Moro no final do corredor, meu nome é Martha. Faz uns dias que eu escuto você ouvindo música boa. Pensei em lhe trazer uma bebida.

Martha entrou. Ela vestia uma bata verde folgada e, depois de alguns vinhos, começou a me exibir as pernas.

— Eu tenho pernas bonitas.

— Eu sou um cara que gosta de pernas.

— Então veja mais de perto.

As pernas dela eram bem brancas, roliças, flácidas, com veias roxas saltando. Martha me contou a história dela.

Ela era prostituta. Rodava os bares. A principal renda vinha do proprietário de uma loja de departamentos.

— Ele me dá grana. Eu entro na loja e pego o que quero. Quem trabalha lá nem me incomoda. Ele mandou me deixarem em paz. Não quer que a esposa saiba que eu trepo melhor que ela.

Martha levantou e ligou o rádio. Bem alto.

— Eu sou uma boa dançarina — disse. — Olha pra mim!

Ela rodopiou aquela barraca verde que vestia, dando chutinhos. Não era muito sexy. Com rapidez ela ergueu a bata até a cintura e começou a balançar a bunda na minha direção. A calcinha rosa tinha um buraco grande na nádega direita. Depois, a bata foi parar no chão e ela ficou só de calcinha. Em seguida, a calcinha também foi fazer companhia à bata e ela começou a rebolar. O chumaço de pelos da periquita estava quase escondido pela barriga que balançava, pendurada.

O suor fazia o rímel dela escorrer. De repente, os olhos dela se encolheram. Eu estava sentado na beirada da cama. Ela pulou em cima de mim antes que eu pudesse fazer qualquer movimento. A boca aberta dela pressionava a minha. Tinha gosto de cuspe, cebola, vinho amanhecido e (na minha cabeça) o esperma de quatrocentos caras. Ela enfiou a língua toda babada para dentro da minha boca. Tive ânsia, e a empurrei para longe. Ela ficou de joelhos, puxou meu zíper, e em um segundo o meu pinto mole estava na boca dela. Ela chupou e balançou. Martha usava uma fitinha amarela no cabelo curto e acinzentado. Tinha verrugas e grandes pintas marrons no pescoço e nas bochechas.

Meu pênis subiu; ela gemeu e deu uma mordida. Eu gritei, peguei ela pelos cabelos e a afastei. Fiquei no meio do quarto, ferido e aterrorizado. Tocava uma sinfonia de Mahler no rádio. Antes que eu pudesse me mexer, Martha se ajoelhou e veio de novo para cima de mim. Sem dó, ela agarrou as minhas bolas com as duas mãos. Abriu a boca e foi de novo; a cabeça sacudia, chupava e balançava. Ela deu um baita puxão nas minhas bolas ao mesmo tempo que quase arrancou metade do meu pinto, me forçando a ir pro chão. Sons de sucção tomaram conta do quarto enquanto tocava Mahler no rádio. Era como se eu estivesse sendo devorado por um animal impiedoso. Meu pinto levantou, coberto de saliva e sangue. Ver aquilo a deixou em um frenesi. Já eu, me sentia sendo comido vivo.

Desesperado, pensei que jamais me perdoaria se eu gozasse.

Assim que me abaixei para tentar puxá-la pelos cabelos, ela agarrou as minhas bolas de novo e apertou sem dó alguma. Os dentes foram direto para o meio do pênis, como tesouras, tentando me partir em dois. Gritei, soltei o cabelo dela e caí de costas. A cabeça dela balançava de maneira impiedosa. Com certeza o som da chupada podia ser ouvido por toda a pensão.

— *Não!* — gritei.

Ela insistia naquela fúria desumana. Eu comecei a gozar. Era como se ela estivesse sugando as entranhas de uma cobra encurralada. Era uma fúria misturada com loucura; ela sugou o esperma e engoliu.

E seguia sacudindo e chupando.

— Martha! Chega! Já deu!

Não parou. Era como se ela tivesse se transformado em uma enorme boca devoradora. Continuava chupando e sacudindo. Sem parar.

— *Não!* — gritei de novo. Então, ela fez como se estivesse tomando um *vanilla malt* de canudinho.

Desmaiei. Ela se levantou e começou a se vestir, cantando.

*When a New York baby says goodnight*
*it's early in the morning*
*goodnight, sweetheart*
*it's early in the morning*
*goodnight, sweetheart*
*milkman's on his way home...**

Cambaleei até o chão, apertando os bolsos da frente da calça até achar a carteira. Tirei cinco dólares e dei para ela. Ela pegou a grana, enfiou dentro do vestido, entre os seios e, brincando mais uma vez, agarrou minhas bolas, apertou, soltou e saiu do quarto valsando.

* A música cantada por Martha é uma variação de "Lullaby of Broadway", música popular de 1935, escrita por Harry Warren e Al Dubin, que ficou conhecida por aparecer em alguns filmes da época como *Mordedoras de 1935* [*Gold Diggers of 1935*], de Busby Berkeley. De maneira curiosa, o filme trata de algumas dançarinas da Broadway, vivendo em um dos períodos mais complexos da história dos Estados Unidos, a chamada Grande Depressão (1929-1941), e tentando encontrar formas de pagar as contas, tirando dinheiro de homens tolos. Tradução: "Quando uma pequena de Nova York diz boa-noite / já é de manhã cedo / boa noite, meu bem / já é de manhã cedo / boa noite, meu bem / lá vai o leiteiro". [*N.T.*]

# 17

Trabalhei tempo suficiente para juntar dinheiro e comprar uma passagem para longe daquele lugar, mais uns dólares para poder me estabelecer. Pedi demissão, peguei um mapa dos Estados Unidos e dei uma boa olhada. Decidi ir para Nova York.

Coloquei cinco garrafinhas de uísque na minha mala e peguei o ônibus. Sempre que alguém sentava do meu lado e começava a falar, eu pegava uma garrafa e tomava um longo gole. Enfim, cheguei.

A rodoviária de Nova York ficava perto da Times Square. Andei pela rua com minha mala velha. Estava anoitecendo. As pessoas saíam das estações do metrô como um enxame. Tipo insetos, sem rosto e enlouquecidos, se apressavam na minha direção, contra mim e por todos os lados, de forma intensa. Se empurravam e faziam sons horríveis.

Me encostei no batente de uma entrada e terminei a última garrafinha de uísque.

Aí segui andando, sendo empurrado, acotovelado, até que vi um letreiro anunciando quartos vagos na Third Avenue. A responsável era uma senhora judia idosa.

— Eu preciso de um quarto — disse a ela.

— Você precisa de um bom terno, meu rapaz.

— Estou liso.

— Eu tenho um, quase de graça. Meu marido tem uma alfaiataria do outro lado da rua. Venha comigo.

Paguei pelo quarto e coloquei a mala no andar de cima. Atravessei a rua com a senhora.

— Herman, mostre o terno ao rapaz.

— Ah, é um terno bonito. — Herman o trouxe; era azul-escuro, um pouco gasto.

— Parece pequeno.

— Não, não, vai ficar bom.

Ele saiu de trás do balcão com o terno.

— Pegue, experimente. — Herman me ajudou a vestir o paletó. — Viu só? Serviu... Quer experimentar a calça? — Segurou a calça na minha frente, da cintura até os pés.

— Parece bom.

— Dez dólares.

— Estou liso.

— Sete.

Dei os sete dólares ao Herman e levei o meu terno para o quarto. Saí atrás de uma garrafa de vinho. Quando voltei, tranquei a porta, tirei a roupa e me preparei para a primeira noite de sono decente depois de um bom tempo.

Fui para a cama, abri a garrafa, dobrei o travesseiro nas costas, respirei fundo e fiquei sentado no escuro, olhando pela janela. Era a primeira vez que eu estava sozinho em cinco dias. Eu era um cara que me dava bem na solidão; sem isso eu era como outro qualquer sem comida ou água. Cada dia sem solidão me enfraquecia. Eu não tinha orgulho da minha solidão, mas era dependente dela. A escuridão do quarto era como luz do sol para mim. Tomei um gole do vinho.

De repente o quarto se iluminou. Ouvi um estrondo metálico. O metrô elevado passava na frente da minha janela. Um dos trens parou ali. Olhei para uma fileira de rostos nova iorquinos que me encaravam. O trem ficou um pouco ali, depois partiu. Escureceu. Então o quarto se iluminou de novo. Outra vez, olhei para os rostos. Parecia uma visão do inferno se repetindo de forma infinita. Cada carga de gente era mais feia, demente e terrível do que a anterior. Outro gole.

Seguiu assim: escuro, depois claro; claro, depois escuro. Terminei o vinho e fui comprar mais. Voltei, tirei a roupa e fui para a cama. A chegada e partida dos rostos continuava; senti que aquilo era como uma visão. Estava recebendo a visita de centenas de demônios que nem o Diabo queria. Mais outro gole.

Aí resolvi levantar e tirei o terno novo do armário. Ao tentar me enfiar no paletó, percebi que estava apertado; parecia menor que o do alfaiate. De repente, ouvi um som de rasgo. O paletó abriu por completo nas costas. Tirei o que havia restado dele. Pelo menos ainda tinha as calças. Enfiei as pernas. Em vez de zíper na frente, a calça tinha botões; enquanto eu tentava fechá-los, a costura abriu no traseiro. Passei a mão por trás, e senti a cueca.

# 18

Fiquei quatro ou cinco dias andando por aí, então permaneci bêbado por mais dois. Saí de onde estava e fui para o Greenwich Village. Li na coluna do Walter Winchell que O. Henry* costumava escrever em um bar que era famoso por ser frequentado por gente que escreve. Achei o bar e entrei procurando o quê?

Era meio-dia. Apesar da coluna do Winchell, o lugar estava vazio. Fiquei ali sozinho com um grande espelho, o balcão e o atendente.

— Sinto muito, senhor, não podemos atendê-lo.

Fiquei atordoado e nem consegui responder. Esperei por uma explicação.

— Você está bêbado.

Era provável que eu estivesse com cara de ressaca, mas não bebia fazia já umas doze horas. Murmurei algo sobre O. Henry e saí.

---

* Walter Winchell (1897-1972) foi um jornalista e comentarista estadunidense, considerado o inventor da coluna social moderna, juntando notícias com fofocas. Na época em que a história se passa, ele tinha grande influência. Já O. Henry (1862-1920), pseudônimo de William Sydney Porter, foi um contista, também estadunidense, que influenciou muitos escritores homens da geração de Charles Bukowski — era naturalista, com boas sacadas de humor —, por isso o grande interesse de conhecer o bar que ele frequentava em Nova York. [*N.T.*]

# 19

Parecia uma loja abandonada. Tinha um letreiro na janela: "Precisa-se de ajudante". Entrei. Um homem com um bigode fino sorriu para mim.

— Sente-se. — Ele me deu uma caneta e um formulário. Preenchi o formulário.

— Humm, faculdade?

— Não exatamente.

— Somos do ramo da publicidade.

— Ah, é?

— Não está interessado?

— Bom, olha, eu tenho pintado. Sou *pintor*, sabe? Acabei ficando sem dinheiro. Não consigo vender o meu material.

— Recebemos muita gente assim por aqui.

— Eu também não gosto delas.

— Anime-se. Talvez você fique famoso depois de morto.

Ele continuou falando que era um trabalho noturno no começo, mas que sempre havia uma chance de progredir na carreira.

Falei que gostava de trabalhar à noite. Ele disse que eu poderia começar no metrô.

# 20

Dois coroas estavam me esperando. Encontrei eles dentro do metrô, onde os trens estavam estacionados. Me deram um monte de cartazes de papelão e um pequeno instrumento de metal que parecia um abridor de latas. Nós três entramos em um dos vagões estacionados.

— Presta atenção — disse um dos velhos.

Ele pulou nos assentos empoeirados e começou a andar por eles, rasgando cartazes antigos com o abridor de latas. *Ah, então era assim que essas coisas iam parar lá em cima,* pensei. As pessoas que colocam lá.

Cada cartaz era preso por duas tiras de metal que precisavam ser removidas para colocar um novo. As tiras eram apertadas por molas e curvadas para se adaptarem ao contorno da parede.

Eles me deixaram tentar. As tais tiras de metal resistiram aos meus esforços. Nem se mexiam. As pontas afiadas cortaram minhas mãos enquanto eu trabalhava. Comecei a sangrar. Para cada cartaz que era retirado, tinha um novo para colocar no lugar. E isso levava uma eternidade. Não tinha fim.

— Tem insetos verdes por toda Nova York — disse um dos coroas depois de um tempo.

— Tem, é?

— Aham. Você é novo em Nova York?

— Sim.

— Você não sabe que todo mundo em Nova York tem esses bichos verdes?

— Não.

— Pois é. Uma mulher quis transar comigo ontem à noite. Eu disse: "Não, querida, sem chance".

— Sério?

— Sério. Eu disse que toparia se ela me desse cinco dólares. São cinco dólares de bife para repor o esperma.

— Ela te deu os cinco dólares?

— Não. Me ofereceu uma lata de sopa de cogumelo da Campbell's.

Seguimos até o final do vagão. Os dois coroas desceram pela traseira e começaram a caminhar em direção ao vagão seguinte estacionado a uns quinze metros dali. Estávamos a uns doze metros do chão, caminhando sobre dormentes de madeira. Eu percebi que seria muito fácil escorregar e cair lá embaixo.

Saí do vagão com cuidado e comecei a caminhar devagar de trilho em trilho, com o abridor de latas em uma mão e os cartazes de papelão na outra. Um trem cheio de passageiros parou, e as luzes dos vagões mostraram o caminho.

O trem seguiu; fiquei na escuridão total. Não conseguia ver nem as tábuas do trilho e nem os espaços entre elas. Esperei.

Os dois coroas gritaram lá do outro vagão:

— Vem logo! Anda! Temos muito trabalho para fazer!

— Esperem! Não consigo enxergar!

— Não temos a noite toda!

Meus olhos começaram a se ajustar. De passo a passo fui avançando, devagar. Quando cheguei no vagão, coloquei os cartazes no chão e me sentei. Minhas pernas estavam bambas.

— Qual é o problema?

— Não sei.

— Qual é!?

— Uma pessoa pode morrer aqui em cima.

— Ninguém caiu ainda.

— Sinto que eu poderia.

— Isso é coisa da sua cabeça.

— Eu sei. Como é que eu saio daqui?

— Tem uma escada logo ali. Mas você tem que atravessar um monte de trilhos e ficar de olho nos trens.

— Tá.

— E não pise no trilho condutor.

— O que é isso?

— É a energia. O trilho dourado. Parece ouro. Você vai ver.

Desci até os trilhos e comecei a andar por eles. Os coroas me observavam. Achei o tal trilho dourado e dei um passo bem alto por cima dele.

Aí eu meio que corri e meio que escorreguei pela escadaria. Tinha um bar do outro lado da rua.

# 21

O expediente na fábrica de biscoitos para cachorro era das quatro e meia da tarde até uma da manhã.

Me deram um avental branco encardido e luvas de lona pesadas. As luvas estavam queimadas e tinham buracos, eu conseguia ver meus dedos aparecendo. Recebi instruções de um elfo banguela com uma película sobre o olho esquerdo, branca e verde, com linhas azuis parecendo teias de aranha.

Ele fazia aquele trabalho há uns dezenove anos.

Fui até o meu lugar. Um apito soou e a maquinaria entrou em ação. Os biscoitos para cachorro começaram a se mover. A massa era moldada com uma prensa e depois colocada em telas de metal pesado com bordas de ferro.

Eu peguei uma tela e a coloquei no forno atrás de mim. Me virei. Lá estava a próxima. Não tinha como diminuir a velocidade. A única hora que elas paravam era quando algo enguiçava a máquina. Isso não acontecia com frequência. Quando acontecia, o Elfo resolvia rapidinho.

As chamas saltavam uns cinco metros de altura. O interior do forno era como uma roda-gigante. Cada plataforma aguentava doze telas. Quando o homem do forno (eu) preenchia uma plataforma, chutava uma alavanca que fazia da roda girar um nível, trazendo a próxima saliência vazia para baixo.

As telas eram pesadas. Levantar uma já deixava o cara cansado. Se você pensasse que devia fazer aquilo por oito horas, levantando centenas de telas, nunca ia conseguir. Biscoitos verdes, biscoitos vermelhos, biscoitos amarelos, biscoitos marrons, biscoitos roxos, biscoitos azuis, biscoitos de vitamina, biscoitos de vegetais.

Nesse tipo de emprego a gente fica cansado. Sofremos de um cansaço que ultrapassa a fadiga. Dizemos coisas loucas e brilhantes. Eu soltei palavrões, conversei, contei piadas e cantei. O inferno fervia de risadas. Até o Elfo riu de mim.

Trabalhei lá por algumas semanas. Eu chegava bêbado todas as noites. Não importava; eu tinha o emprego que ninguém queria. Depois de uma hora no forno eu ficava sóbrio. Minhas mãos estavam cheias de bolhas e queimaduras. Todos os dias eu sentava no quarto com dores e estourava as bolhas com alfinetes, que eu primeiro esterilizava com fósforos.

Uma noite, cheguei mais bêbado do que o normal e me recusei a bater o ponto.

— Chega — disse a eles.

O Elfo ficou em choque.

— Como vamos conseguir, Chinaski?

— Ah.

— *Só mais uma noite!*

Coloquei a cabeça dele no meu braço e apertei; as orelhas dele ficaram rosadas.

— Seu merdinha — falei. Depois o soltei.

# 22

Depois de chegar na Filadélfia, eu achei uma pensão e paguei uma semana de aluguel adiantado. O bar mais próximo já estava lá havia cinquenta anos. Dava para sentir o cheiro de urina, fezes e vômito de meio século subindo pelo chão do bar, vindo dos banheiros lá de baixo.

Eram quatro e meia da tarde. Dois homens estavam brigando no meio do bar.

O cara da minha direita disse que se chamava Danny. O da esquerda, que se chamava Jim.

Danny tinha um cigarro na boca, a ponta brilhava. Uma garrafa de cerveja vazia passou voando e por pouco não acertou o nariz e o cigarro dele. Ele não se mexeu, nem olhou em volta, só bateu as cinzas no cinzeiro.

— Quase, seu desgraçado! Tenta de novo para você ver!

O bar estava lotado. Tinha mulheres, algumas donas de casa gordas e um pouco burras, e duas ou três senhoras que estavam passando por alguma barra. Enquanto eu estava sentado, uma garota se levantou e saiu com um homem. Ela voltou em cinco minutos.

— Helen! Helen! Como você consegue?

Ela riu.

Outro pulou em cima dela.

— Deve ser boa. Também quero!

Saíram juntos. De novo, Helen voltou em cinco minutos.

— Ela deve ter uma bomba de sucção no lugar da vagina!

— Preciso experimentar — disse um coroa lá no fundo do bar. — Eu não fico de pau duro desde que Teddy Roosevelt conquistou a última colina dele.

Com esse, Helen levou dez minutos.

— Eu quero um sanduíche — disse um cara gordo. — Quem vai me fazer o favor de ir buscar um sanduíche?

Eu disse que iria.

— Rosbife no pão, com tudo que tem direito. — Me deu dinheiro. — Pode ficar com o troco.

Eu fui até o lugar do sanduíche. Um velhote com uma barriga grande se aproximou.

— Um sanduíche de rosbife no capricho, com tudo que tem direito. E uma garrafa de cerveja enquanto eu espero.

Bebi a cerveja, levei o sanduíche para o cara gordo no bar e encontrei outro lugar para sentar. Um copo de uísque apareceu. Bebi em um gole só. Outro surgiu. Bebi tudo de novo. A *jukebox* tocava.

Lá de trás do bar, um guri de uns vinte e quatro anos veio até mim.

— Eu preciso que limpem as persianas — falou para mim.

— Com certeza!

— O que você faz?

— Nada. Bebo. Os dois.

— E as cortinas?

— Cinco contos.

— Contratado.

Chamavam ele de Billy-Boy. Billy era casado com a dona do bar. Ela tinha quarenta e cinco anos.

Ele me trouxe dois baldes, uns pedaços de sabão, trapos e esponjas. Eu baixei as persianas, tirei as lâminas e comecei a limpar.

— A bebida é por conta da casa — disse Tommy, que era o atendente da noite — enquanto você estiver trabalhando.

— Manda uma dose de uísque, Tommy.

Trabalho demorado esse; a poeira estava endurecida, virou sujeira incrustada. Eu cortei as mãos várias vezes nas lâminas das persianas de metal. A água com sabão ardia.

— Tommy, me vê uma dose de uísque aí. — Terminei uma parte das persianas e pendurei de volta. A galera do bar se virava para ver meu trabalho.

— Tá bom, hein!

— Com certeza melhora o ambiente.

— Assim é provável que aumentem o preço das bebidas.

— Dá uma dose de uísque, Tommy — falei.

Peguei mais um conjunto de persianas e tirei as lâminas. Ganhei do Jim no *pinball* por uma moeda, depois esvaziei os baldes no vaso sanitário e fui pegar água limpa.

O segundo conjunto foi mais difícil. Minhas mãos ganharam novos cortes. Eu duvido que aquelas janelas tenham sido limpas nos últimos dez anos. Ganhei mais uma moeda no *pinball* e aí o Billy-Boy gritou para eu voltar ao trabalho.

Helen passou por ali a caminho da latrina das mulheres.

— Helen, te dou cinco contos quando eu terminar aqui. Tem jeito?

— Claro, mas depois de tanto trabalho você não vai conseguir subir o amiguinho.

— Eu subo, sim.

— Estarei aqui até fechar. Se você ainda conseguir ficar de pé, aí pode levar de graça!

— Vou estar *firme* e *forte*, baby.

Helen voltou para a latrina.

— Uma dose de uísque, Tommy.

— Ei, vai com calma — disse Billy-Boy —, senão você não vai terminar esse trabalho hoje.

— Billy, se eu não terminar, você fica com os cincão.

— Negócio fechado. Vocês todos ouviram isso?

— Ouvimos, Billy, seu pão-duro.

— Mais um pra viagem, Tommy.

Tommy mandava o uísque. Eu bebia e seguia com o trabalho. Enchi a cara. Depois de algumas doses eu já estava com todas as persianas limpas e brilhando.

— Beleza, Billy, pode me pagar.

— Você não terminou.

— Quê?

— Tem mais três janelas nos fundos.

— Nos fundos?

— Isso. O salão de festas.

Billy-Boy me mostrou o tal salão. Tinha mais três janelas, mais três conjuntos de persianas.

— Eu topo por dois e cinquenta, Billy.

— Não, ou você limpa todas ou não ganha nada.

Peguei os baldes, joguei fora a água suja, coloquei água limpa, sabão, aí peguei um conjunto de persianas. Tirei as lâminas, coloquei em uma mesa e fiquei encarando.

Jim parou a caminho da latrina.

— Qual é o problema?

— Eu não aguento mais essas lâminas.

Quando Jim saiu do banheiro, ele passou no bar para trazer a cerveja dele. Começou a limpar as persianas.

— Jim, deixa isso para lá.

Fui até o bar, peguei outro uísque. Quando voltei, uma das garotas estava pegando um conjunto de persianas.

— Cuidado para não se cortar — falei para ela.

Em poucos minutos, já tinha quatro ou cinco pessoas lá atrás conversando e rindo, incluindo Helen. Todas estavam limpando as persianas. Logo depois, toda a galera do bar estava lá. Trabalhei com mais duas doses de uísque. Enfim, todas as persianas estavam limpas e penduradas. Não levou muito tempo. Elas brilhavam. Billy-Boy entrou:

— Eu não vou te pagar.

— O trabalho está terminado.

— Mas não foi você que terminou.

— Não seja mão de vaca, Billy — alguém falou.

Billy-Boy desenterrou os cinco dólares, e eu peguei. Fomos para o bar.

— Uma dose para todo mundo! — Deitei os cinco dólares na mesa. — E uma para mim também.

Tommy serviu as bebidas.

Bebi a minha e ele pegou os cinco dólares.

— Você deve três dólares e quinze centavos ao bar.

— Pendura aí.

— Ok, qual é o teu sobrenome?

— Chinaski.

— Já ouviu aquela do polonês que foi ao banheiro?

— Já.

As bebidas chegaram para mim até a hora de fechar. Depois da última, eu olhei ao redor. Helen tinha picado a mula. Ela mentiu.

*Que piranha*, pensei, *com medo de uma longa e dura aventura...*

Levantei e fui caminhando de volta até a pensão. A luz da lua estava forte. Meus passos ecoavam na rua vazia e parecia que alguém estava me seguindo. Olhei em volta. Me enganei, estava sozinho por completo.

# 23

Estava muito frio quando cheguei em St. Louis, quase nevando. Achei um quarto em um lugar bacana e limpinho, no segundo andar, nos fundos. Era noitinha e eu estava meio deprimido, então fui dormir cedo e, por incrível que pareça, consegui pegar no sono.

Quando acordei de manhã o tempo estava congelante. Eu tremia sem parar. Levantei para ver o que estava rolando e descobri que uma das janelas tinha ficado aberta. Fechei e voltei para a cama. Comecei a me sentir enjoado. Consegui dormir mais uma hora, aí acordei de novo. Me levantei, me vesti, aos trancos consegui chegar no banheiro do corredor e vomitei. Tirei a roupa e voltei para a cama. Logo depois alguém bateu na porta. Eu não respondi. A pessoa continuou batendo.

— Pois não? —, perguntei.

— Você está bem?

— Sim.

— Podemos entrar?

— Entrem aí.

Eram duas garotas. Uma estava acima do peso, mas era limpinha e brilhava em um vestido rosa e florido. Ela tinha um rosto gentil. A outra usava um cinto largo apertado que valorizava o belo corpo. O cabelo era longo, escuro, e ela tinha um nariz bonitinho; usava salto alto, tinha pernas perfeitas e estava com uma blusa branca decotada. Os olhos eram castanho-escuros, bem escuros, e ela ficava me olhando animada, bem animada.

— Eu sou Gertrude — disse ela —, e esta é Hilda.

Hilda ficou ali corada enquanto Gertrude foi até a minha cama.

— A gente te ouviu no banheiro. Você está doente?

— Sim. Mas não é nada de mais, estou bem. Culpa de uma janela aberta.

— A sra. Downing, a dona da pensão, está fazendo uma sopa para você.

— Não precisa.

— Vai te fazer bem.

Gertrude se aproximou mais. Hilda permaneceu onde estava, rosada, limpinha e corada. Gertrude cambaleava para a frente e para trás nos saltos altos.

— Você é novo na cidade?

— Sou.

— Não se alistou?

— Não.

— O que você faz?

— Nada.

— Não trabalha?

— Não trabalho.

— É verdade — disse Gertrude para Hilda —, olha as mãos dele. São lindas. Dá para ver que ele nunca trabalhou.

A dona da pensão, a sra. Downing, bateu na porta. Era uma mulher grande e simpática. Supus que ela tinha perdido o marido e era religiosa. Ela trazia uma tigela grande de caldo com carne, segurando bem alto. Eu conseguia ver o vapor subindo. Peguei a tigela e nos cumprimentamos. Sim, ela era viúva. Era muito religiosa. Trouxe biscoitos salgados, sal e pimenta.

— Obrigado.

A sra. Downing olhou para as duas meninas.

— Agora vamos embora. A gente espera que você melhore logo. E espero que as meninas não tenham incomodado você.

— De modo algum! — Eu sorri olhando para o caldo. Ela gostou disso.

— Vamos, meninas.

A sra. Downing deixou a porta aberta. Hilda conseguiu corar uma última vez, deu um sorrisinho e saiu. Gertrude ficou. Ela me observava tomar o caldo com a colher.

— Está gostoso?

— Eu queria agradecer a todas vocês. Tudo isso... é muito incomum.

— Eu vou indo. — Ela se virou e caminhou devagar em direção à porta. Suas nádegas se moviam sob a saia preta justa; as pernas eram douradas. Na entrada, ela parou e se virou, fixou os olhos escuros em mim mais uma vez, me prendendo. Eu fiquei hipnotizado, radiante. Assim que ela sentiu minha resposta, jogou a cabeça para trás e riu. Ela tinha um pescoço adorável e aquele cabelão escuro. Seguiu pelo corredor, deixando a porta entreaberta.

Coloquei sal e pimenta no caldo, quebrei os biscoitos na mistura e fiz minha gripe tomar tudo.

# 24

Arrumei um emprego como despachante de mercadorias em uma loja de vestidos. Mesmo durante a Segunda Guerra Mundial, quando era suposto que houvesse escassez de mão de obra, sempre tinha quatro ou cinco candidatos para cada vaga (pelo menos para os trabalhos braçais). Aguardávamos com nossos formulários de inscrição preenchidos. Data de nascimento? Solteiro? Casado? Situação do alistamento militar? Último emprego? Últimos empregos? Por que você saiu? Eu tinha preenchido tantos formulários de trabalho que já tinha decorado as respostas certas. Acordei tarde naquela manhã e fui o último a ser chamado. Um homem careca, com uns tufos estranhos de cabelo sobre as orelhas, me entrevistou.

— E então? — perguntou, olhando para mim por cima da folha.

— Sou um escritor que no momento está sem inspiração.

— Ah, um escritor, é?

— Sim.

— Você tem certeza?

— Não, não tenho.

— O que você escreve?

— Contos, em especial. E estou na metade de um romance.

— Um romance, é?

— Sim.

— Qual é o nome?

— *A torneira gotejante do meu tormento.*

— Ah, eu gostei. Sobre o que é?

— Sobre tudo.

— Tudo? Quer dizer, por exemplo, que é sobre câncer?

— Sim.

— E quanto a minha esposa?

— Ela também

— Não me diga. Por que você quer trabalhar em uma loja de roupas femininas?

— Eu sempre gostei de mulheres de vestido.

— Você é um 4-F*?

— Sou.

— Me deixe ver o seu cartão de alistamento. — Mostrei a ele o meu cartão de alistamento. Ele o devolveu.

— Está contratado.

* 4-F é uma classificação para a categoria de homens inaptos para o serviço militar estadunidense, seja por motivos físicos, mentais e, até mesmo, morais. [*N.T.*]

# 25

Estávamos em um porão. As paredes eram amarelas. Nós embalávamos os vestidos em caixas de papelão alongadas, com mais ou menos um metro de comprimento e uns trinta, quarenta centímetros de largura. Era preciso certa habilidade para dobrar cada vestido de um jeito que não ficasse amassado na caixa. Para evitar isso, usávamos reforços de papelão e papel de seda, e recebíamos instruções cuidadosas. O correio dos Estados Unidos era usado para entregas fora da cidade. Cada um de nós tinha a própria balança e a própria máquina de franqueamento. Não era permitido fumar.

Larabee era o chefe do departamento de envios, e Klein, o assistente dele. Larabee era o mandachuva. Klein estava tentando puxar o tapete dele. Klein era judeu e os donos da loja também; Larabee estava apreensivo. Klein e Larabee discutiam e brigavam dia e noite. Sim, noite. O problema, como era na época da guerra, eram as horas extras. Quem estava no comando sempre preferia sobrecarregar alguns subordinados de forma contínua em vez de contratar mais pessoas para que todos pudessem trabalhar menos. Você dava ao chefe oito horas, e ele sempre pedia mais. Ele nunca te deixava ir embora após seis horas de trabalho. Vai que sobrava algum tempo para pensar.

# 26

Sempre que eu passava no corredor da pensão, Gertrude parecia estar parada lá. Ela era perfeita, sexo purinho, e sabia disso, brincava com isso, se exibia e permitia que você sofresse também. Isso a deixava feliz. Para mim também não era tão ruim. Ela era capaz de me rejeitar em um piscar de olhos sem nem me permitir um vislumbre sequer. Como a maioria dos homens em situações como essa, percebi que eu não ia ter nada com ela — conversas íntimas, passeios emocionantes de montanha-russa, longas caminhadas de domingo — até que fizesse algumas promessas estranhas.

— Você é um cara estranho. Fica sozinho aí direto, né?

— Sim.

— O que aconteceu?

— Eu estava doente muito antes daquela manhã em que você me conheceu.

— Você continua doente?

— Não.

— Então, o que aconteceu?

— Eu não gosto de gente.

— Você acha isso certo?

— Provavelmente não é.

— Você vai me levar ao cinema um dia desses?

— Vou tentar.

Gertrude ficou ali se balançando; balançando nos saltos. Se aproximou um pouco. Algumas partes dela roçavam em mim. Eu simplesmente não conseguia reagir. Tinha um espaço entre a gente. A distância era grande. Eu sentia como se ela estivesse falando com uma pessoa que tinha desaparecido, uma pessoa que já não estava lá, que não estava viva. Os olhos dela pareciam olhar através de mim. Eu não conseguia me conectar com ela. Eu não sentia vergonha, estava só constrangido e impotente.

— Vem comigo.

— Quê?

— Quero te mostrar o meu quarto.

Segui Gertrude pelo corredor. Ela abriu a porta do quarto, e eu entrei depois dela. Era um quarto bem de menininha. A cama grande estava coberta de bichos de pelúcia. Todos os animais pareciam surpresos e me encaravam: girafas, ursos, leões e cachorros. O ar era perfumado. Tudo estava limpo e arrumado; parecia macio e confortável. Gertrude se aproximou.

— Você gostou do meu quarto?

— É legal. Gostei, sim.

— Não conte para a sra. Downing que eu te trouxe aqui, ela ficaria escandalizada.

— Não vou contar.

Gertrude ficou ali, quieta.

— Eu tenho que ir — falei, por fim. Fui até a porta, abri, fechei atrás de mim e voltei para o meu quarto.

# 27

Depois de penhorar várias máquinas de escrever, eu simplesmente desisti da ideia de ter uma. Eu copiava minhas histórias à mão, usando uma caneta, e as enviava assim mesmo. Fiquei rápido em copiar à mão. Chegou ao ponto em que eu conseguia copiar mais rápido do que escrevia. Eram três ou quatro histórias curtas por semana. Mantinha as coisas em movimento. Eu imaginava os editores do *Atlantic Monthly* e da *Harper's* dizendo: "Olha só, aqui está outra daquelas coisas escritas por aquele maluco...".

Uma noite levei Gertrude a um bar. Sentamos em uma mesa de canto e bebemos cerveja. Estava nevando lá fora. Eu me sentia um pouco melhor do que o normal. Bebemos e conversamos. Passou uma hora ou mais. Comecei a olhar de forma fixa nos olhos de Gertrude, e ela me olhava de volta. *Hoje em dia é difícil encontrar um bom homem!**, cantava a *jukebox*. Gertrude mexia o corpo conforme a música, balançava a cabeça no ritmo e me olhava nos olhos.

---

* No texto original, a frase é "A good man, nowadays, is hard to find!" e é muito provável que se refira à música homônima, escrita em 1917, por Eddie Green. Uma das versões mais conhecidas é na voz de Bessie Smith (1894-1937), uma das cantoras mais importantes da Era do Jazz, entre as décadas de 1920 e 1940. [*N.T.*]

— Você tem um rosto muito estranho — disse ela. — Você não é tão feio.

— Um 4-F como despachante, tentando subir na carreira.

— Você já se apaixonou?

— Amor é para pessoas de verdade.

— Você me parece de verdade.

— Eu não gosto de gente de verdade.

— Você não gosta de gente?

— Odeio.

Bebemos um pouco mais, sem falar muito. A neve continuava a cair. Gertrude se virou e encarou a multidão. Depois olhou para mim.

— Aquele cara não é *lindo*?

— Quem?

— Aquele soldado ali. Ele está sozinho. Ele senta de maneira tão *máscula*. E tem todas aquelas medalhas.

— Vem, vamos sair daqui.

— Mas ainda é cedo.

— Você pode ficar.

— Não, eu quero ir com *você*.

— Não me interessa o que você faz.

— É por causa do soldado? Você está zangado por causa disso?

— Ah, cacete!

— Foi o soldado!

— Estou indo.

Me levantei da mesa, deixei uma gorjeta e caminhei em direção à porta. Ouvi Gertrude atrás de mim. Caminhei pela rua na neve. Logo ela estava caminhando ao meu lado.

— Você nem para chamar um táxi. Olha eu, com esses saltos altos na neve!

Não respondi. Caminhamos os quatro ou cinco quarteirões até a pensão. Subi as escadas com ela do lado. Depois segui até o meu quarto, abri a porta, fechei, tirei a roupa e fui me deitar. Ouvi ela jogar algo contra a parede do quarto dela.

# 28

Eu segui copiando os meus contos à mão. Enviei a maioria para Clay Gladmore*, cuja revista *Frontfire* de Nova York eu admirava. Pagavam só vinte cinco dólares por história, mas foi Gladmore quem descobriu William Saroyan e muitos outros, além de ter sido amigo de Sherwood Anderson. Gladmore devolveu muito material meu com rejeições pessoais. É verdade que as recusas, na maioria, não eram muito longas, mas pareciam gentis e encorajadoras. As revistas maiores mandavam cartas impressas de rejeição. Até mesmo os cartões impressos de Gladmore pareciam ter alguma simpatia: "Lamentamos, infelizmente, que esta seja uma carta de recusa, mas...".

Eu mantinha Gladmore ocupado com quatro ou cinco histórias por semana. Enquanto isso, eu seguia lá embaixo, no porão, com os vestidos. Klein ainda não tinha derrubado Larabee; Cox, o outro despachante de mercadoria, nem se importava com quem

---

* Pseudônimo para o editor Whit Burnett (1899-1973), que rejeitou muitos contos enviados por Bukowski, mas também foi o primeiro a publicá-lo, em 1944, na revista *Story*, justamente com um conto que ironizava as recusas de publicação pelo conteúdo espinhoso. [*N.T.*]

era demitido, desde que pudesse fumar escondido na escada a cada vinte e cinco minutos.

Passei a fazer horas extras de maneira automática. Bebia cada vez mais no tempo livre. A jornada de oito horas tinha acabado para sempre. De manhã, quando entrava, era melhor se conformar com pelo menos onze horas de trabalho. Isso incluía os sábados, que costumavam ser de meio período, mas que se transformaram em dias inteiros. A guerra estava acontecendo, mas as mulheres seguiam comprando uma porrada de vestidos...

Depois de um dia de trabalho de doze horas, eu já tinha colocado o meu casaco, saído do porão, acendido um cigarro e caminhava pelo corredor em direção à saída quando ouvi a voz do chefe:

— Chinaski!

— Sim?

— Dê um pulo aqui.

Meu chefe estava fumando um charuto caro e comprido. Ele parecia bem-disposto.

— Este é meu amigo, Carson Gentry.

Carson Gentry também estava fumando um charuto caro e comprido.

— O sr. Gentry também é um escritor. Ele está muito interessado em escrever. Eu contei a ele que você era escritor e ele quis conhecê-lo. Você não se importa, né?

— Não, não me importo.

Eles ficaram sentados lá me olhando e fumando seus charutos. Vários minutos se passaram. Eles inspiravam, expiravam e me olhavam.

— Vocês se importam se eu sair? — perguntei.

— Está tudo bem — disse meu chefe.

# 29

Eu sempre ia caminhando até a pensão, que ficava a umas seis ou sete quadras dali. As árvores no caminho eram todas iguais: pequenas, retorcidas, meio congeladas e sem folhas. Eu gostava delas. Caminhei junto com elas, debaixo de uma lua fria.

Aquela cena do escritório ficou na minha cabeça. Os charutos, as roupas chiques. Pensei em bifes suculentos, longos percursos por caminhos sinuosos que levam a casas bonitas. Facilidade. Viagens para a Europa. Mulheres bonitas. Eles eram assim tão mais espertos do que eu? A única diferença era a grana e a vontade de acumular.

Iria fazer isso também! Iria economizar os meus centavos. Teria uma ideia e pegaria um empréstimo. Contrataria e demitiria funcionários. Guardaria uísque na gaveta da minha mesa. Teria uma esposa com seios fartos e uma bunda que faria o entregador de jornais da esquina gozar na cueca quando a visse balançando. Trairia ela e ela descobriria, mas ficaria em silêncio para continuar morando na minha casa com a minha riqueza. Demitiria homens só para ver a expressão de desespero nos rostos deles. Demitiria mulheres que não mereciam ser demitidas.

Era tudo o que um cara precisava: esperança. É a falta de esperança que desanima o homem. Lembrei da minha vida em Nova Orleans, passando o dia com duas barras de chocolate de cinco centavos cada, por semanas a fio, para poder ter condições de escrever. Mas, infelizmente, a fome não fazia a arte melhorar. Só prejudicava. A alma de um homem estava enraizada no estômago. Qualquer pessoa consegue escrever muito melhor depois de comer uma bisteca e beber uma dose de uísque do que jamais conseguiria depois de comer um bombom de cinco centavos. O mito do artista faminto era uma farsa. Quando você percebia que tudo era uma farsa, você ficava esperto e começava a destroçar um parceiro. Eu construiria um império sobre os corpos e vidas destroçadas de homens, mulheres e crianças indefesas — e ainda os enterraria debaixo dele. Veriam com os próprios olhos!

Eu estava na pensão. Subi as escadas até a porta do quarto. Destranquei a porta e acendi a luz. A sra. Downing tinha deixado a correspondência na porta. Tinha um envelope grande e marrom de Gladmore. Peguei, estava pesado por conta dos manuscritos rejeitados. Sentei e abri.

Caro sr. Chinaski:

Estamos devolvendo estes quatro contos, mas vamos ficar com "Minha alma bêbada é mais triste do que todas as árvores de natal mortas do mundo". Temos acompanhado seu trabalho por um bom tempo e ficamos muito felizes em aceitar esta história.

Atenciosamente,
Clay Gladmore

Levantei da cadeira ainda segurando o papel do aceite. O MEU PRIMEIRO. Da principal revista literária dos Estados Unidos. Nunca o mundo tinha parecido tão bondoso, tão cheio de promessas. Caminhei até a cama, sentei e li de novo. Estudei cada curva da assinatura de Gladmore. Levantei, levei o papel até a cômoda e deixei lá. Aí tirei a roupa, apaguei as luzes e fui para a cama. Não conseguia dormir. Levantei, acendi a luz, caminhei até a cômoda e li mais uma vez:

Caro sr. Chinaski...

## 30

Eu via Gertrude com frequência no corredor. A gente conversava, mas eu não a chamei mais para sair. Ela ficava muito perto de mim, oscilava com suavidade, às vezes cambaleava, como se estivesse bêbada, naqueles saltos altíssimos. Um domingo de manhã me vi no gramado da frente com Gertrude e Hilda. As meninas faziam bolas de neve, riam e gritavam, jogando-as em mim. Como nunca tinha morado em regiões com neve, eu estava lento no começo, mas logo aprendi como fazer uma bola de neve e lançá-la. Gertrude se animou e gritou. Ela era irresistível. Era toda fogo e raio. Por um momento tive vontade de atravessar o gramado e agarrá-la. Depois desisti e me afastei pela rua com aquelas bolas de neve zumbindo enquanto passavam por mim.

Dezenas de milhares de rapazes estavam lutando na Europa, na China, nas ilhas do Pacífico. Quando eles voltassem, ela iria encontrar alguém. Não seria um problema. Não com aquele corpo. Não com aqueles olhos. Nem mesmo Hilda teria dificuldade.

Comecei a sentir que era hora de deixar St. Louis. Decidi voltar para Los Angeles; enquanto isso, continuei copiando à mão os contos em grande quantidade, ficava bêbado, ouvia a Quinta do Beethoven, a Segunda do Brahms...

Em uma noite específica, depois do trabalho, parei em um bar ali perto. Sentei e bebi cinco ou seis cervejas, levantei e caminhei cerca de um quarteirão até a minha pensão. A porta de Gertrude estava aberta enquanto eu passava.

— Henry...

— Olá. — Fui até a porta e olhei para ela. — Gertrude, estou indo embora. Pedi o aviso prévio no trabalho hoje.

— Ah, sinto muito.

— Vocês foram legais comigo.

— Escuta, antes de você ir, eu quero que você conheça meu namorado.

— Seu namorado?

— É, ele acabou de se mudar, logo ali, no fim do corredor.

Eu a segui. Ela bateu na porta e eu fiquei atrás. A porta se abriu: calça listrada cinza e branca, camisa xadrez de manga comprida e gravata. Um bigodinho. Olhos vagos. De uma das narinas escorria um fio quase invisível de ranho que enfim se juntou em uma pequena bola reluzente. A bola se acomodou no bigode e estava prestes a escorrer, mas nesse meio-tempo permaneceu ali, refletindo a luz.

— Joey — falou Gertrude —, quero que você conheça o Henry.

Nós apertamos as mãos. Ela entrou. A porta se fechou. Eu voltei para o meu quarto e comecei a fazer as malas. Fazer as malas era sempre um bom momento.

# 31

Quando voltei para Los Angeles, achei um hotel barato pertinho da Hoover Street e fiquei lá deitado e bebendo. Bebi por um tempo, tipo uns quatro ou cinco dias. Eu nem conseguia ler os anúncios de emprego. Só a ideia de se sentar na frente de um cara atrás de uma mesa e falar para ele que eu queria um trabalho, que eu era qualificado, era demais para mim. Para falar a verdade, eu estava apavorado com a vida, com o que um homem tem que fazer só para poder comer, dormir e se vestir. Então eu fiquei na cama bebendo. Quando você bebe, o mundo continua lá fora, mas naquele momento ele não está te sufocando.

Uma noite, me levantei da cama, me vesti e fui dar uma volta pela cidade. Acabei indo parar na Alvarado Street. Segui andando até encontrar um bar convidativo e entrei. Estava lotado. Só tinha um lugar disponível no balcão. Sentei e pedi um uísque com água. À minha direita estava sentada uma mulher de cabelos castanhos, um pouco gorda, com pescoço e bochechas flácidas, bêbada de forma visível, mas que ainda tinha certa beleza nos traços; o corpo parecia firme, jovem e torneado. Na verdade, as pernas eram longas e adoráveis. Quando a moça terminou a bebida, perguntei se queria outra. Ela assentiu, e eu pedi.

— Como tem idiotas aqui, hein — disse a moça.

— Em todo lugar, né, mas em especial aqui — falei.

Paguei por mais três ou quatro rodadas. Não falamos nada. Então eu a avisei:

— Essa foi a última. Estou liso.

— Está falando sério?

— Estou.

— Tem um lugar para ficar?

— Um apartamento, com dois ou três dias ainda pagos do aluguel.

— E você não tem dinheiro lá? Ou alguma coisa para beber?

— Não tenho.

— Vem comigo.

Fui atrás dela. Notei que tinha um belo traseiro. Caminhamos até a loja de bebidas mais próxima. Ela pediu ao balconista duas garrafas de Grandad*, um fardo de seis cervejas, dois maços de cigarro, alguns salgadinhos, um mix de castanhas, uns comprimidos de aspirina e um bom charuto. O cara fez as contas.

— Coloca na conta do Wilbur Oxnard — disse a moça.

— Espera — disse ele —, vou ter que telefonar primeiro. — Discou um número e falou ao telefone. Depois desligou. — Tudo certo — afirmou.

Ajudei a moça com as sacolas e saímos.

— Aonde vamos com essas coisas?

— Para o teu canto. Você tem carro?

* Referência à marca de uísque estadunidense Old Grand-Dad, que existe desde 1840 no estado de Kentucky. É uma das marcas mais conhecidas de uísque puro, também referenciada nos demais livros do autor e de outros, como John Steinbeck (1902-1968), além de aparecer em seriados de TV e letras de músicas. [*N.T.*]

A levei até o carro. Eu tinha comprado um usado em Compton por trinta e cinco dólares. Estava com a suspensão quebrada e o radiador furado, mas funcionava.

Ao chegarmos no meu apartamento, coloquei as coisas na geladeira, servi duas bebidas, peguei os copos, sentei e acendi um charuto. A moça se sentou no sofá da frente e cruzou as pernas. Ela usava brincos verdes.

— O maioral* — disse ela.

— O quê?

— Você se acha o maioral, acha que é o gostosão!

— Eu, não.

— Aham, você acha. Dá para ver só pelo seu jeito. Ainda gosto de você. Gostei logo de cara.

— Levanta mais um pouquinho o vestido.

— Gosta de pernas?

— Gosto. Levanta mais um pouquinho esse vestido.

Ela se levantou.

— Caramba, mais para cima, um pouco mais!

— Ei, você não é um maluco não, né? Tem um cara que anda perturbando as garotas, ele pega elas, leva para o canto dele, tira a roupa delas e faz palavras cruzadas no corpo delas com um canivete.

— Não sou esse cara.

— Também tem uns caras que te comem e depois te cortam em pedacinhos. Daí o seu rabo vai parar no esgoto em Playa del Rey e a teta esquerda em uma lixeira em Oceanside...

— Parei de fazer isso tem anos. Levanta mais a saia.

---

* A personagem usa o adjetivo "swell" que, a partir da década de 1930, se torna uma gíria popular para designar algo como "excelente" ou "o melhor". Antes, a palavra também era usada para se referir a homens preocupados com a aparência. [*N.T.*]

Ela se levantou. Era como se fosse o começo da vida e da felicidade, o verdadeiro significado do sol. Fui até ela, me sentei no sofá ao lado e a beijei. Depois me levantei, servi mais duas bebidas e liguei o rádio na KFAC*. Pegamos o começo de um Debussy.

— Você gosta desse tipo de música? — perguntou ela.

Em algum momento da noite, enquanto estávamos conversando, eu caí do sofá. Fiquei deitado no chão observando aquelas lindas pernas.

— Meu bem — falei —, eu sou um gênio, mas só eu sei disso.

Ela me olhou lá de cima.

— Levanta daí, seu bobalhão, e me traz uma bebida.

Trouxe a bebida e me aninhei do lado dela. Me senti mesmo um bobalhão. Mais tarde, fomos para a cama. As luzes estavam apagadas e eu fiquei por cima dela. Rocei nela uma ou duas vezes, parei.

— Qual é o seu nome, afinal?

— Que merda de diferença isso faz? — respondeu.

* A KFAC foi uma famosa emissora de rádio, de Los Angeles, que começou a transmitir somente música clássica em 1931 e funcionou, com sucesso, até o fim da década de 1980. [*N.T.*]

# 32

O nome dela era Laura. Eram duas da tarde e eu andava pelo caminho atrás da loja de móveis na Alvarado Street, carregando a minha mala. Tinha uma casa grande e branca nos fundos, de madeira, dois andares, antiga, com a tinta branca descascando.

— Fique longe da porta — disse Laura. — Tem um espelho no meio da escada que ele usa para ver quem está na porta.

Laura ficou lá tocando a campainha enquanto eu me escondia em um canto da porta.

— Vamos deixar que ele veja só eu, daí, quando fizer o barulho da porta sendo destrancada, eu empurro e você me segue — disse.

A trava automática zuniu, e Laura empurrou a porta. Fui atrás dela, deixando a mala no pé da escada. Wilbur Oxnard estava no topo e Laura correu até ele. Era um cara velho, de cabelos grisalhos, com um braço só.

— Baby, é tão *bom* te ver! — Wilbur colocou o braço em volta de Laura e a beijou. Quando se soltaram, ele me viu.

— Quem é esse?

— Ah, Willie, quero que conheça um amigo meu.

— Oi — falei.

Wilber não respondeu.

— Wilbur Oxnard, Henry Chinaski. — Laura nos apresentou.

— Bom te conhecer, Wilbur — falei.

Nada do Wilbur responder. Por fim, ele disse:

— Bom, vamos entrando.

Segui Wilbur e Laura pela sala da frente. Tinha moedas espalhadas pelo chão, de cinco, dez, vinte e cinco e cinquenta centavos. Havia um órgão elétrico bem no centro da sala. Seguimos até a cozinha, onde nos sentamos em uma mesa tipo de piquenique. Laura me apresentou às duas mulheres que estavam sentadas ali.

— Henry, essa é Grace e essa é Jerry. Meninas, esse é Henry Chinaski.

— E aí — disse Grace.

— Como vai? — perguntou Jerry.

— É um prazer, senhoritas.

Elas estavam bebendo uísque com doses de cerveja. No centro da mesa havia uma tigela cheia de azeitonas pretas e verdes, pimentas e talos de salsão. Estiquei a mão e peguei uma pimenta.

— Fique à vontade — disse Wilbur, acenando na direção da garrafa de uísque. Ele já tinha colocado uma cerveja na minha frente. Me servi uma dose.

— O que você faz da vida? — perguntou Wilbur.

— Ele é escritor — disse Laura. — Já foi até publicado em revista.

— Você é escritor? — perguntou Wilbur.

— Às vezes sou.

— Eu preciso de um. Você é bom?

— Todo escritor se acha bom.

— Eu preciso de alguém para fazer o libreto de uma ópera que eu escrevi. Chama-se *O imperador de São Francisco*. Você sabia que existiu um cara que queria ser o imperador de São Francisco?

— Não, eu não sabia.

— É bem interessante. Vou te dar um livro sobre o assunto.

— Legal.

Nos sentamos em silêncio por um tempo, bebendo. Todas as mulheres ali tinham cerca de trinta e poucos anos, eram atraentes e muito sensuais, e sabiam disso.

— O que você achou das cortinas? — perguntou Wilbur. — As meninas fizeram essas cortinas para mim. Elas são muito talentosas.

Olhei para as cortinas. Eram repugnantes. Enormes morangos vermelhos estampados, cercados por caules escorrendo.

— Gostei das cortinas — disse a ele.

Wilbur trouxe mais uma cerveja e todo mundo bebeu mais uísque da garrafa.

— Não se preocupe — disse ele —, tem outra garrafa quando essa acabar.

— Obrigado, Wilbur.

Ele me olhou.

— Meu braço está ficando rígido. — Ele levantou o braço e mexeu os dedos. — Eu mal consigo mover meus dedos, acho que estou morrendo. Os médicos não conseguem descobrir o que há de errado. As meninas riem de mim achando que estou brincando.

— Não acho que você esteja brincando — disse a ele —, acredito em você.

Tomamos mais algumas doses.

— Gostei de você — disse Wilbur —, você parece que já viveu bastante, aparenta ter classe. A maioria das pessoas não tem classe. Você tem.

— Eu não entendo nada de classe — falei —, mas já vivi bastante.

— Vamos para a outra sala. Quero tocar alguns coros de ópera para você.

— Vamos — falei.

Abrimos uma nova garrafa, pegamos mais cerveja e fomos para a outra sala.

— Você não quer que eu faça uma sopa para você, Wilbur? — perguntou Grace.

— Alguém já ouviu falar em comer sopa em cima do órgão? — respondeu ele.

Todo mundo riu. Gostávamos do Wilbur.

— Ele joga dinheiro no chão toda vez que fica bêbado. — Laura sussurrou para mim. — Diz coisas terríveis e joga moedas na gente. Fala que é isso o que a gente vale. Ele pode ser bem sórdido.

Wilbur se levantou, foi para o quarto, voltou vestindo um chapéu de marinheiro e se sentou de volta ao órgão. Começou a tocar o instrumento com o braço que tinha e os dedos ruins. Tocava muito alto. Nós nos sentamos na sala, bebendo e ouvindo aquele som. Aplaudi quando Wilbur terminou.

Ele se virou no banquinho.

— As meninas estavam aqui em cima na outra noite — contou —, e aí alguém gritou "polícia!". Você tinha que ter visto elas correndo, algumas peladas, outras de calcinha e sutiã, todas correram e se esconderam na garagem. Foi engraçado pra caramba. Eu fiquei aqui em cima e elas foram voltando, uma por uma, da garagem. Foi *hilário*!

— Quem gritou "polícia"? — perguntei.

— Eu — respondeu Wilbur.

Enfim, ele se levantou, caminhou até o quarto e começou a tirar a roupa. Pude vê-lo sentado na beirada da cama só de cueca.

Laura entrou, se sentou com ele e o beijou. Depois ela saiu e Grace e Jerry entraram. Laura sinalizou para o pé da escada. Desci para pegar minha mala e a trouxe para cima.

# 33

Quando acordamos, Laura me contou sobre o Wilbur. Eram nove e meia da manhã e não se ouvia um barulho na casa.

— Ele é milionário — contou Laura —, não deixe esta casa velha te enganar. O avô dele comprou terras pela região toda, o pai dele também. Grace é a garota dele, mas ela dá muito trabalho. E ele é um baita de um pão-duro. Gosta de cuidar de garotas que encontra nos bares e que não têm onde dormir. Mas tudo o que ele dá é comida e uma cama, nunca dinheiro. Só ganham bebidas quando *ele* está bebendo. Jerry conseguiu algo com ele uma noite dessas. Ele estava cheio de tesão, correndo atrás dela ao redor da mesa, e ela falou: "Não, não, não, a menos que você me dê cinquenta pilas por mês pelo resto da vida!". Ele acabou assinando um papel. Você sabia que isso vale em um tribunal? Ele tem que pagar cinquenta paus pra Jerry todo mês, e foi definido que quando ele morrer, a família dele terá que continuar pagando.

— Parece bom — falei.

— Mas Grace é a favorita.

— E você?

— Já não sou há muito tempo.

— Isso é bom, porque eu gosto de você.

— Gosta mesmo?

— Gosto.

— Preste atenção. Se ele aparecer esta manhã com o chapéu de marinheiro, aquele de capitão, significa que vamos sair de iate. O médico mandou ele comprar um, pois lhe faria bem à saúde.

— É grande?

— Com certeza. Outra coisa, você pegou todas as moedas do chão ontem à noite?

— Sim — respondi.

— É melhor não pegar todas.

— Acho que você tem razão. Devo devolver algumas?

— Se tiver uma oportunidade.

Quando me levantei para me vestir, Jerry correu para o quarto.

— Ele está em pé na frente do espelho ajustando o ângulo correto do chapéu. Vamos sair de iate!

— Ok, Jerry — disse Laura.

Começamos a nos vestir. Estávamos em cima da hora. Wilbur não falou nada, estava de ressaca. Seguimos atrás dele descendo a escada e fomos até a garagem, onde entramos em um carro muito velho. Era tão antigo que tinha um banco de sogra. Grace e Jerry entraram na frente com Wilbur; Laura e eu fomos no banco de sogra. Wilbur saiu de ré e depois seguiu ao sul, na Alvarado. Estávamos indo para San Pedro.

— Ele está de ressaca e não vai beber, e quando ele não está bebendo, não quer que ninguém mais beba também, esse filho da mãe. Então, tome cuidado — disse Laura.

— Que inferno, eu preciso de uma bebida.

— Todos nós precisamos — disse Laura. Tirou da bolsa uma garrafinha, desenroscou a tampa e me entregou. — Espere até ele checar a gente no espelho retrovisor. Aí, no momento em que ele voltar a olhar para a estrada, você dá um gole.

Logo percebi os olhos de Wilbur em cima da gente pelo retrovisor. Depois, a atenção dele voltou para a estrada. Tomei um trago e me senti muito melhor. Passei a garrafa de volta para Laura. Ela esperou o Wilbur olhar de novo pelo retrovisor, depois para a estrada, aí sim tomou um gole. Foi uma viagem agradável. Quando chegamos em San Pedro, a garrafa já estava vazia. Laura pegou um chiclete, eu acendi um charuto e pulamos do carro. Enquanto ajudava Laura a sair do banco, a saia dela subiu e eu vi aquelas pernas compridas de meia-calça, os joelhos e os tornozelos finos. Comecei a ficar excitado e olhei para a água. Lá estava o iate: O *Oxwill*. Era o maior iate do porto. Um pequeno barco a motor nos levou até ele. Subimos a bordo. Wilbur acenou para alguns companheiros de barco e alguns frequentadores do cais, depois olhou para mim.

— Como se sente?

— Ótimo, Wilbur, ótimo mesmo... me sentindo um imperador.

— Vem cá, quero te mostrar uma coisa. — Fomos até a parte de trás do barco e Wilbur se inclinou e puxou um anel. Levantou uma tampa. Tinha dois motores lá embaixo. — Quero te mostrar como ligar esse motor auxiliar caso algo dê errado. Não é difícil. Eu consigo fazer com um braço só.

Eu fiquei ali entediado enquanto o Wilbur puxava uma corda. Concordei e disse a ele que tinha entendido. Mas não foi o suficiente, ele tinha que me mostrar como desamarrar e soltar a âncora do cais quando tudo o que eu queria era outra bebida.

Depois de tudo isso, saímos lá de trás e ele ficou na cabine, com o chapéu de marinheiro, pilotando o iate. Todas as garotas se aglomeraram em volta dele.

— Ah, Willie, me deixa pilotar!

— Willie, *me* deixa pilotar!

Eu não pedi para pilotar. Nem queria. Fui atrás da Laura dentro do barco. Era como uma suíte de hotel de luxo, só que havia beliches na parede, não camas. Fomos até a geladeira. Estava recheada de comida e bebida. Achamos uma garrafa aberta de uísque e a pegamos. Tomamos um pouco de uísque com água. Era como ter uma vida boa. Laura ligou o toca-discos e ouvimos algo chamado "Bonaparte's Retreat"*. Laura parecia ótima. Estava alegre e sorridente. Me inclinei e a beijei, passando a mão pela perna dela. Então ouvi o motor desligar e Wilbur desceu as escadas.

— Vamos voltar — falou. Parecia bastante sério com o chapéu de capitão.

— Por quê? — perguntou Laura.

— Ela está de mau humor. Tenho medo de que pule no mar. Não fala comigo e só fica lá sentada, olhando fixamente. Ela não sabe nadar. Tenho medo de que pule.

— Menos, Wilbur — disse Laura —, é só dar dez dólares pra ela. Ela é cheia de artimanhas.

— Não, vamos voltar. Além disso, vocês andaram *bebendo*!

Wilbur subiu as escadas. O motor engasgou, e nós viramos e começamos a voltar em direção a San Pedro.

— Isso acontece toda vez que tentamos ir para Catalina. Grace fica de mau humor e fica lá olhando para o oceano com aquele lenço amarrado na cabeça. É assim que ela consegue tirar coisas dele. Ela nunca vai pular no mar. Odeia água.

— Bom — falei —, então vamos tomar mais uns drinques. Quando eu penso sobre escrever as letras da ópera do Wilbur, percebo como a minha vida ficou nojenta.

---

* Referência a uma melodia tocada em rabeca, conhecida no século XIX, que ganharia versões com letras apenas na década de 1950. A música faz referência a um recuo desastroso de Napoleão Bonaparte em relação aos russos, em 1812. A música justamente antecede uma cena de recuo. [*N. T.*]

— Vamos beber tudo, então — disse Laura —, ele já está bravo mesmo.

Jerry desceu e se juntou a nós.

— Grace está emburrada por causa dos cinquenta paus por mês que eu tô tirando do rabo dele. Caramba, não é tão fácil assim. É só ela sumir que aquele velho escroto pula em cima de mim e começa a trepar. Ele nunca está satisfeito. Tem medo de morrer e quer meter o máximo que puder.

Terminou de beber e serviu outra dose.

— Deveria ter ficado trabalhando na Sears. Estava me saindo bem.

Todos brindamos a isso.

# 34

Quando atracamos, Grace também veio conosco. Ainda estava com o lenço na cabeça e não falava, mas bebia. Todo mundo estava bebendo quando Wilbur desceu as escadas. Ele ficou ali olhando para nós.

— Já volto — falou.

Isso foi de tarde. Esperamos e bebemos. As garotas começaram a discutir sobre como deveriam lidar com o Wilbur. Eu subi em um dos beliches e dormi. Quando acordei, já era noite e estava frio.

— Cadê o Wilbur? — perguntei.

— Ele não vai voltar — respondeu Jerry —, ele ficou possesso.

— Ele vai voltar — comentou Laura —, a Grace está aqui.

— Eu não dou a mínima se ele nunca mais voltar — disse Grace. — Aqui, temos comida e bebida suficientes para abastecer todo o Exército Egípcio* por um mês.

---

* O Egito foi o maior campo de batalha na chamada Guerra do Deserto, durante a Segunda Guerra Mundial (1939-1945), que tem o fim mencionado neste texto. [*N.T.*]

Lá estava eu com três mulheres no maior iate do porto. Mas fazia um frio danado. Era a friagem que vinha da água. Saí do beliche, peguei uma bebida e voltei.

— Caramba, mas que frio — disse Jerry —, deixa eu entrar aí e me esquentar.

Ela chutou os sapatos e subiu no beliche em que eu estava. Laura e Grace estavam bêbadas e discutindo sobre algo. Jerry era pequena e redonda, muito redonda, do tipo aconchegante. Ela se encostou em mim.

— Caramba, como está frio. Me abraça.

— Mas a Laura... — falei.

— Foda-se a Laura.

— Digo, ela pode se chatear.

— Ela não vai. Somos amigas. Olha só. — Jerry se sentou no beliche. — Laura, ei, Laura...

— Oi.

— Estou tentando me esquentar, tá bom?

— Tá bom — respondeu Laura.

Jerry voltou para debaixo das cobertas.

— Viu, ela disse que tá tudo bem.

— Então tá — respondi. Coloquei a mão na bunda dela e a beijei.

— Só não passem dos limites — falou Laura.

— Ele só tá me abraçando — assegurou Jerry.

Coloquei a mão dentro do vestido dela e comecei a baixar a calcinha. Estava difícil. Quando ela conseguiu tirar, eu já estava mais do que pronto. A língua dela disparava para dentro e para fora da minha boca. Tentamos parecer indiferentes enquanto fazíamos de lado. Escorregava várias vezes, mas Jerry colocava de volta no lugar.

— Não passem dos limites — repetiu Laura.

Escorregou de novo, Jerry pegou e segurou.

— Ela só está me abraçando — falei para Laura. Jerry deu uma risadinha e botou para dentro de novo. Ficou lá. Eu fiquei mais e mais aceso. — Sua sacana — sussurrei —, te amo.

Gozei. Jerry saiu do beliche e foi ao banheiro. Grace estava fazendo sanduíches de rosbife para nós. Desci do beliche e comemos sanduíches com salada de batata, tomates fatiados, café e torta de maçã. Estávamos famintos.

— Fiquei bem quentinha — comentou Jerry. — Henry é um bom cobertor de orelha.

— Eu estou bem gelada — disse Grace. — Acho que vou experimentar esse cobertor. Você se importa, Laura?

— Não. Só não exagera.

— O que seria exagerar?

— Você sabe o que quero dizer.

Depois de comer, voltei para o beliche e Grace veio junto. Ela era a mais alta das três e eu nunca tinha ido para a cama com uma mulher tão alta. Beijei ela e a língua respondeu. *As mulheres,* pensei, *as mulheres são mágicas.* Que seres incríveis! Alcancei a calcinha por baixo do vestido dela e puxei. Foi um longo caminho até os pés.

— Que diabos você está fazendo? — sussurrou.

— Estou tirando a sua calcinha.

— Para quê?

— Eu vou te comer.

— Eu só quero me esquentar.

— Eu vou te comer.

— Laura é minha amiga e eu sou mulher do Wilbur.

— Eu vou te comer.

— O que você está fazendo?

— Estou tentando meter.

— Não!

— Me ajuda, caramba!

— Você que se vire.

— Me ajuda.

— Se vira. Laura é minha amiga.

— O que é que tem a ver?

— Quê?

— Esquece.

— Eu não estou no clima.

— Sente o meu dedo.

— Ai, calma. Tenha mais respeito.

— Tá bom, tá bom. Assim está melhor?

— Está. Mais para cima. Aí! Isso...

— Sem malandragem aí, hein — disse Laura.

— Não, só estou esquentando ela.

— Quando será que o Wilbur vai voltar? — perguntou Jerry.

— Não dou a mínima se ele nunca mais voltar — falei, afundando em Grace.

Ela gemia. Estava bom. Fui indo devagar, calculando as metidas. Não escorreguei, como tinha acontecido com a Jerry.

— Seu filho da mãe podre — disse Grace. — Canalha, a Laura é minha amiga.

— Estou te comendo — falei —, sente ele entrando e saindo do seu corpo, saindo e entrando, saindo e entrando, *flap, flap, flap*.

— Não fala assim, está me deixando excitada.

— Estou te comendo — falei —, caralho, caralho, caralho, estou te comendo, estou te comendo. Ah, está tão *safada*, tão obscena, essa foda, foda, foda...

— Maldito, para com isso.

— Está cada vez maior, está sentindo?

— Sim, sim...

— Eu vou gozar, meu Deus, eu vou gozar... — Gozei e me afastei.

— Você me estuprou, seu desgraçado, me estuprou — sussurrou ela. — Eu devia contar para a Laura.

— Vá em frente, conte. Você acha que ela vai acreditar?

Grace saiu do beliche e foi até o banheiro. Limpei o lençol, subi as calças e saltei do beliche.

— Vocês sabem jogar dados, garotas?

— O que precisa? — perguntou Laura.

— Eu tenho os dados. Vocês têm dinheiro? É preciso ter dados e dinheiro. Eu vou ensinar vocês como jogar. Peguem o dinheiro e coloquem na frente de vocês. Não se envergonhem se não tiverem muita grana. Eu também não tenho muita. Afinal, somos amigos, né?

— Sim — disse Jerry —, somos amigos.

— Sim — disse Laura —, somos amigos.

Grace saiu do banheiro.

— O que esse filho da mãe vai fazer agora?

— Ele vai nos ensinar a jogar dados — respondeu Jerry.

— *Atirar dados* é o termo. Eu vou mostrar para vocês, garotas, como *atirar dados*.

— Você vai, é? — perguntou Grace.

— Sim, Grace, traga o seu traseiro alto até aqui e eu te mostro como funciona...

Uma hora depois, eu já estava com a maior parte do dinheiro quando Wilbur Oxnard desceu as escadas de repente. Foi assim que o Willie nos encontrou quando voltou — atirando dados e bêbados.

— *Eu não permito jogos de azar nesse barco!* — gritou ele do pé da escada.

Grace se levantou, atravessou a sala, o abraçou e enfiou a linguona na boca dele, em seguida, agarrou as partes íntimas dele.

— Por onde meu Willie andou, deixando sua Gracie sozinha e solitária neste barco grande? Senti falta do meu Willie.

Willie entrou na sala sorrindo. Sentou-se à mesa e Grace pegou uma garrafa nova de uísque e abriu. Wilbur serviu as bebidas. Ele me olhou.

— Tive que voltar e arrumar algumas notas na ópera. Você ainda vai fazer o libreto?

— O libreto?

— As palavras.

— Para ser sincero, Wilbur, eu não tenho pensado muito sobre o assunto, mas se você estiver realmente falando sério, eu vou começar a trabalhar nisso.

— Estou realmente falando sério — disse ele.

— Começarei amanhã — garanti.

Nesse momento, Grace esticou a mão por baixo da mesa e abriu o zíper da calça de Wilbur. Seria uma boa noite para todos nós.

# 35

Alguns dias depois, Grace, Laura e eu estávamos sentados no bar do The Green Smear quando Jerry entrou.

— Um uísque *sour* — pediu ao barman.

Quando o drinque chegou, Jerry apenas ficou olhando para ele.

— Grace, olha, você não estava lá ontem à noite. Eu estava com o Wilbur.

— Tudo bem, querida, eu tinha umas coisinhas para resolver. Gosto de deixar o velho garotão na expectativa.

— Grace, ele ficou muito mal, muito mesmo. Henry não estava lá, nem a Laura. Ele não tinha ninguém para conversar. Tentei ajudá-lo.

Laura e eu dormimos em uma festa na casa do barman que durou a noite toda. Nós viemos direto de lá para o bar. Eu ainda não tinha começado a trabalhar no libreto e Wilbur estava me pressionando. Ele queria que eu lesse todos aqueles malditos livros. Faz tempo que eu desisti de ler qualquer coisa.

— Ele ficou muito bêbado. Mergulhou na vodca. Começou a beber vodca pura. Não parava de perguntar onde você estava.

— Talvez seja amor — disse Grace.

Jerry terminou o drinque e pediu outro.

— Eu não queria que ele bebesse demais — continuou —, então, quando ele apagou, eu peguei a garrafa de vodca, derramei um pouco e enchi o resto com água. Mas ele já tinha bebido muito daquela merda de álcool puro. Continuei chamando ele para a cama...

— Ah, é? — disse Grace.

— Eu continuei falando para ele se deitar, mas ele não queria. Ele estava tão perturbado que eu tive que beber também. Enfim, eu fiquei com muito sono e deixei ele lá naquela cadeira com a vodca.

— Você não o levou para a cama? — perguntou Grace.

— Não. De manhã eu entrei e ele ainda estava sentado naquela cadeira, com a vodca do lado. Falei "Bom dia, Willie". Eu nunca tinha visto olhos tão lindos. A janela estava aberta e a luz do sol refletia neles, toda a alma dele.

— Eu sei — disse Grace —, Willie tem uns olhos lindos.

— Ele não respondeu e eu não conseguia fazê-lo falar. Peguei o telefone e liguei para o irmão dele, sabe, o médico drogado. O irmão apareceu e deu uma olhada nele, pegou o telefone e nós ficamos lá sentados até dois caras chegarem; eles fecharam os olhos do Willie e espetaram uma agulha nele. Depois, ficamos conversando por um tempo até que um dos caras olhou para o relógio e disse: "Ok", então eles se levantaram, tiraram o Willie da cadeira e o colocaram em uma maca. No fim levaram ele dali e acabou.

— Merda — disse Grace. — Estou fodida.

— Está mesmo — afirmou Jerry —, eu ainda tenho os meus cinquenta contos por mês.

— E sua bunda redonda e gorda — retrucou Grace.

— E minha bunda redonda e gorda — disse Jerry.

Laura e eu sabíamos que estávamos fodidos. Não precisava nem dizer.

Nós todos ficamos sentados no bar tentando pensar o que faríamos a partir dali.

— Estou preocupada — disse Jerry —, será que eu matei ele?

— Como assim, matou ele? — perguntei.

— Misturando água com a vodca. Ele sempre bebeu puro. Pode ter sido a água que o matou.

— Talvez tenha sido — comentei.

Fiz um sinal para o barman.

— Tony — falei —, poderia servir uma vodca com água para a moça gordinha, por favor?

Grace não achou isso muito engraçado.

Eu não vi acontecer, mas pelo que me contaram depois, Grace saiu, foi até a casa de Wilbur e começou a bater na porta, batendo e gritando e batendo, e o irmão, o médico, atendeu mas não a deixou entrar, ele estava sofrendo com o luto, drogado, e não a deixava entrar de jeito algum, mas Grace não parava. O médico não a conhecia muito bem (talvez devesse, pois ela transava bem) e ligou para a polícia, mas ela estava delirando enlouquecida e precisaram os dois policiais que vieram para dar conta de algemá-la. Se equivocaram e mantiveram as mãos dela na frente, aí ela se levantou e, em seguida, desceu com as algemas e abriu uma das bochechas do policial. Abriu ele, de forma que você podia ver dentro da lateral da cabeça e enxergar os dentes. Mais policiais chegaram e levaram Grace, gritando e chutando. Depois disso, nunca mais vimos, nem ela nem uns aos outros, de novo.

# 36

Fileiras e mais fileiras de bicicletas silenciosas. Caixas cheias de peças de bicicleta. Fileiras e fileiras de bicicletas penduradas no teto: bicicletas verdes, vermelhas, amarelas, roxas, azuis, de meninas e de meninos, todas penduradas lá no alto; os raios cintilantes, as rodas, os pneus de borracha, a pintura, os assentos de couro, as luzes traseiras, as luzes dianteiras, os freios; centenas de bicicletas, fileira após fileira.

Tínhamos uma hora para almoçar. Eu comia rápido, tinha ficado acordado a maior parte da noite e da madrugada, estava cansado, com o corpo dolorido, e achei um lugar isolado sob as bicicletas. Me arrastava para lá, debaixo de três fileiras profundas de bicicletas arrumadas de maneira impecável. Eu me deitava de costas e, suspensas sobre mim, alinhadas com precisão, pendiam fileiras de raios prateados reluzentes, aros de rodas, pneus de borracha preta, tinta nova brilhante, tudo em perfeita ordem. Era grandioso, correto, ordenado — quinhentas ou seiscentas bicicletas se estendendo sobre mim, me cobrindo, tudo no devido lugar. De alguma forma era significativo. Eu olhava para elas e sabia que tinha quarenta e cinco minutos de descanso embaixo da árvore de bicicletas.

No entanto, outra parte de mim sabia que, se eu me soltasse e me deixasse levar pelo fluxo daquelas bicicletas novas e reluzentes, eu estaria acabado, finalizado, nunca seria capaz de seguir em frente. Então, eu apenas me deitava e deixava as rodas, os raios e as cores me acalmarem.

Um cara de ressaca nunca deveria se deitar de costas olhando para o teto de um galpão. As vigas de madeira acabam te afetando; e as claraboias — você pode ver a tela de arame nas claraboias de vidro, e esse arame de algum jeito lembra um homem na prisão. Primeiro, há o peso nos olhos, o desejo por uma única bebida, e depois o som de pessoas se movendo, você as ouve, sabe que sua hora chegou, de alguma forma você tem que se levantar, caminhar, preencher e empacotar pedidos...

# 37

Ela era a secretária do gerente. Ela se chamava Carmen, mas, apesar do nome espanhol, era loira e usava vestidos justos de malha, sapatos de salto alto, meias-calças e cinta-liga; a boca era grossa de batom. Mas, ah, como ela sabia rebolar e balançar. Balançava enquanto trazia os pedidos para a mesa, balançava na volta para o escritório, todos os rapazes observando cada movimento, cada tremor das nádegas dela; balançando, tremendo, abanando. Eu não sou bom com mulheres. Nunca fui. Para ser bom com as mulheres, você tem que ser bom de papo. Eu nunca fui bom nisso. Mas, enfim, com Carmen me pressionando, eu a levei para dentro de um dos vagões de carga que estávamos descarregando nos fundos do armazém e a peguei em pé na parte de trás daquele vagão. Foi bom, foi cálido; eu pensei em céu azul, em praias limpas e amplas, mas também foi triste — definitivamente faltava um sentimento humano que eu não conseguia entender ou lidar. Levantei aquele vestido justo até a altura dos quadris dela e fiquei ali metendo sem parar, pressionando minha boca na boca pesada e cheia de batom vermelho dela. Acabei gozando entre duas caixas fechadas com o ar cheio de cinzas, ela com as costas pressionadas contra a parede suja e esburacada do vagão, na escuridão misericordiosa.

# 38

Todos nós fazíamos o trabalho de estoque e expedição. Cada um preparava e enviava os próprios pedidos. A gerência era muito rigorosa com os erros. E como cada pedido era responsabilidade de apenas uma pessoa, do começo ao fim, não havia como se esquivar da culpa. Se cometesse três ou quatro erros bobos, era demitido.

Vagabundos e preguiçosos, todos nós sabíamos que nossos dias eram contados. Então, relaxamos e esperamos que descobrissem o quão incompetentes nós éramos. Enquanto isso, seguíamos o sistema, trabalhávamos de forma honesta por algumas horas e bebíamos juntos à noite.

Éramos três: começando por mim e um cara chamado Hector Gonzalves — alto, curvado e tranquilo. Ele tinha uma esposa mexicana adorável, que vivia com ele em uma cama de casal grande na Upper Hill Street. Eu sabia disso porque saí com ele uma noite, bebemos cerveja e acabei assustando a esposa do Hector. Depois de uma noite de bebedeira, entramos na casa, e eu a puxei da cama para beijá-la na frente dele. Achei que poderia enfrentá-lo, só precisava ficar atento à investida dele. Acabei pedindo desculpas para os dois por ter sido um idiota. Não podia culpá-la por não ter simpatizado comigo e acabei nunca mais voltando lá.

O terceiro era Alabam, um ladrãozinho de quinta categoria. Ele roubava espelhos retrovisores, parafusos e porcas, chaves de fenda, lâmpadas, refletores, buzinas e baterias. Roubava calcinhas e lençóis dos varais, e tapetes dos corredores. Ia nos mercados e comprava um saco de batatas, mas no fundo do saco ele escondia bifes, fatias de presunto e latas de anchovas. Ele usava o nome de Companheiro George e tinha um hábito desagradável: bebia comigo e, quando eu estava quase sem forças, me atacava. Queria muito me dar uma sova, mas era um sujeito magro e covarde ainda por cima. Eu sempre conseguia ficar alerta o suficiente para dar uns socos no estômago e na lateral da cabeça dele, o que o fazia descer cambaleante as escadas, em geral com algum pequeno objeto roubado no bolso — minha toalha, um abridor de lata, um despertador, uma caneta, uma lata de pimenta ou talvez uma tesoura.

O sr. Hansen, que era o gerente do armazém de bicicletas, tinha um rosto avermelhado, a língua verde de tanto chupar Clorets* para aliviar o hálito de uísque. Um dia, me chamou no escritório.

— Escuta, Henry, aqueles dois são bem burros, não são?

— Acho eles ok.

— Quero dizer, o Hector em especial... ele *é* burro, mesmo. Ah, digo, ele é *ok*, mas você acha que ele vai conseguir chegar a algum lugar?

— O Hector é tranquilo, chefe.

— Você tá falando sério?

— Claro.

— Aquele Alabam. Ele tem cara de fuinha. É provável que roube meia dúzia de pedais de bicicleta por mês, não acha?

---

* A marca de chicletes Clorets só começou a ser comercializada em 1951, o que demonstra uma inconsistência da (ou um sinal de) memória de alcoólatra de Henry Chinaski. [*N.T.*]

— Eu não acho isso, chefe. Nunca vi ele pegar nada.

— Chinaski?

— Sim, chefe?

— Vou te dar um aumento de dez dólares por semana.

— Obrigado, chefe. — Apertamos as mãos. Foi quando eu percebi que o Alabam e ele estavam em conluio e dividindo a grana.

# 39

Jan era muito boa de cama. Ela já tinha dois filhos, mas trepava muito bem. Nós nos conhecemos em um almoço ao ar livre — eu estava gastando meus últimos cinquenta centavos em um hambúrguer gorduroso — e engatamos uma conversa. Ela me pagou uma cerveja, me deu o número de telefone, e três dias depois eu me mudei para o apartamento dela.

A xoxota de Jan era apertada e ela sempre agia como se uma faca estivesse entrando nela. Ela me lembrava um leitãozinho. Era mesquinha e hostil o suficiente para me fazer sentir que a cada estocada eu a fazia pagar pelo seu mau temperamento. Ela teve um ovário removido e alegava que não podia engravidar; considerando que tinha um único ovário, ela até respondia com generosidade.

Jan era bem parecida com Laura, só que era mais magra e bonita, com cabelos loiros na altura dos ombros e olhos azuis. Ela era estranha; sempre estava com tesão pela manhã por conta da ressaca. Eu não ficava tão animado de manhã com a minha. Era um homem noturno. Mas à noite ela sempre estava gritando e jogando coisas em mim: telefones, listas telefônicas, garrafas, copos (cheios e vazios), rádios, bolsas, violões, cinzeiros, dicionários, pulseiras de relógios quebrados, despertadores... Ela era uma mulher incomum. Mas uma coisa que eu sempre podia contar era que ela queria transar muito de manhã. E eu tinha o meu armazém de bicicletas.

Olhando para o relógio em uma manhã típica, eu dava a ela a primeira transa, com um pouco de ânsia de vômito, tentando esconder isso; depois, ficava excitado, gozava e rolava para o lado.

— Pronto — dizia —, vou chegar quinze minutos atrasado.

E ela corria para o banheiro, alegre como um passarinho, se lavava, fazia cocô, conferia os pelos debaixo dos braços, se olhava no espelho, preocupada mais com a idade do que com a morte, depois corria de volta para a cama enquanto eu vestia minha cueca manchada, ao som do trânsito lá fora na Third Street, rumo ao leste.

— Volte para a cama, papaizinho — falava.

— Olha, eu acabei de receber um aumento de dez dólares.

— Não precisamos fazer nada. Só deita aqui do meu lado.

— Ah, merda.

— Por favor! Só cinco minutos.

— Ah, que se dane.

Eu voltava. Ela puxava as cobertas e agarrava as minhas bolas. Aí agarrava o meu pênis.

— Ai, ele é *tão* bonitinho!

Ficava ali pensando, *quando que eu ia conseguir sair?*

— Posso pedir uma coisa?

— Vá em frente.

— Você se importa se eu beijar ele?

— Não.

Ouvi e senti os beijos, aí senti umas lambidinhas. Depois esqueci tudo sobre o armazém de bicicletas. Em seguida a ouvi rasgando um jornal. Senti algo ser colocado em cima do meu pinto.

— Veja — disse ela.

Sentei. Jan tinha feito um chapeuzinho de papel e o colocou sobre a cabeça do meu pau. Em volta da aba tinha uma fita amarela. O negócio ficou bastante alto.

— Ah, não é *fofo*? — ela me perguntou.

— *Ele*? Você quis dizer *eu*.

— Ah, não, isso não é você, é *ele*, você não tem nada a ver com ele.

— Não?

— Não. Você se importa se eu beijá-lo de novo?

— Tá bom, tudo bem. Vá em frente.

Jan levantou o chapéu e, segurando com uma mão, começou a beijar onde ele estava. Os olhos dela olhavam com profundidade nos meus. A ponta entrou em sua boca. Eu caí para trás, amaldiçoado.

# 40

Cheguei no armazém de bicicletas às dez e meia da manhã. O horário de entrada no serviço era às oito. Estavam no intervalo da manhã e o carrinho de café estava do lado de fora, a equipe do depósito também. Cheguei e pedi um café grande e uma rosquinha de geleia. Conversei com Carmen, a secretária do gerente, aquela do vagão. Como de costume, Carmen usava um vestido de malha muito justo que parecia estar estufado de ar, talvez ainda mais apertado. Ela tinha camadas e camadas de batom vermelho-escuro e, enquanto falava, ficava o mais próxima possível, olhando nos meus olhos e rindo, roçando partes do corpo dela em mim. Carmen era tão agressiva que chegava a assustar, dava vontade de fugir da pressão. Como a maioria das mulheres, ela queria o que não podia mais ter: Jan estava drenando todo o meu sêmen e um pouco mais. Carmen achava que eu estava me fazendo de difícil. Eu recuei, segurando minha rosquinha de geleia, e ela se inclinou sobre mim. O intervalo acabou, e todos nós entramos. Visualizei as calcinhas de Carmen levemente sujas de merda, penduradas em um dos meus dedos dos pés, ela e eu juntos na cama no casebre dela na Main Street. Sr. Hansen, o gerente, estava parado do lado de fora do escritório. Ele rosnou:

— Chinaski.

Eu conhecia aquele som: eu estava ferrado.

Caminhei até ele e fiquei ali parado. Ele estava usando um terno de verão bege-claro recém-passado, gravata-borboleta verde e camisa bege; os sapatos pretos e bege brilhavam com requinte. De repente, me dei conta dos pregos nas solas dos meus sapatos desmazelados pressionando a sola dos meus pés. Faltavam três botões na minha camisa suja. O zíper da minha calça estava emperrado na metade. A fivela do cinto tinha quebrado.

— Sim? — perguntei.

— Vou ter que te dispensar.

— Ok.

— Você é um funcionário danado de bom, mas eu vou ter que dispensá-lo.

Fiquei envergonhado por ele.

— Você tem aparecido para trabalhar às dez e meia nos últimos cinco ou seis dias. Como você acha que os outros trabalhadores se sentem em relação a isso? Eles trabalham oito horas por dia.

— Está tudo bem. Relaxe.

— Sabe, quando eu era moleque, também era durão. Costumava aparecer no trabalho com um olho roxo três ou quatro vezes por mês. Mas eu chegava todos os dias. No horário. Trabalhei duro e subi na vida.

Não respondi.

— Qual é o problema? Por que você não consegue ser pontual?

Eu tive um palpite repentino de que poderia salvar meu emprego se eu desse a ele a resposta certa.

— Eu acabei de me casar. Sabe como é. Estou em lua de mel. De manhã, começo a me vestir, o sol brilha pelas persianas e ela me puxa para a cama para mais um mergulho do ganso.

Não funcionou.

— Vou mandar fazer o seu cheque de rescisão.

Hansen caminhou em direção ao escritório. Entrou e eu o ouvi dizer algo para Carmen. Eu tive outra inspiração repentina e bati em um dos painéis de vidro. Hansen olhou para cima, caminhou até mim e abriu o vidro.

— Olha só — falei —, eu nunca saí com a Carmen. Sério. Ela é legal, mas não faz meu tipo. Faça o meu cheque pra semana inteira.

Hansen virou de volta.

— Faça um cheque de uma semana para ele.

Ainda era terça-feira. Eu não esperava por isso — entretanto, Alabam e ele estavam dividindo vinte mil pedais de bicicleta meio a meio. Carmen veio até mim e entregou o cheque. Ficou lá parada e me deu um sorriso indiferente enquanto Hansen se sentava ao telefone e discava o número do Departamento de Trabalho do Estado.

# 41

Eu ainda tinha meu carro de trinta e cinco dólares. Os cavalos pareciam estar premiados. Nós também. Jan e eu não sabíamos nada sobre cavalos, mas demos sorte. Naquela época, faziam oito corridas em vez de nove. Tínhamos uma fórmula mágica, chamada "Harmatz na oitava". Willie Harmatz era um jóquei melhor que a média, mas tinha problemas de peso, como Howard Grant tem agora. Examinando as tabelas, notamos que Harmatz costumava pular um cavalo na última corrida, em geral a um bom preço.

Não íamos lá todos os dias. Algumas manhãs a gente estava de ressaca e nem conseguia sair da cama. Daí a gente se levantava no início da tarde, dava uma passada na loja de bebidas, ficava por uma ou duas horas em um bar, ouvindo música na *jukebox*, observando os bêbados, fumando, escutando as gargalhadas vazias — era um bom passatempo.

Tínhamos sorte. Parecia que só íamos ao hipódromo nos dias certos.

— Olha só — falava para a Jan —, ele não vai fazer de novo... é impossível.

E lá vinha Willie Harmatz, com a velha arrancada no final, surgindo no último momento através da escuridão e da embriaguez — lá vinha o bom e velho Willie a dezesseis por um, a oito por um, a nove por dois. Willie continuava nos salvando mesmo depois que o resto do mundo tinha desistido e se tornado indiferente.

O carro de trinta e cinco dólares quase sempre ligava, esse não era o problema; o problema era ligar os faróis. Sempre ficava muito escuro depois da oitava corrida. Jan costuma insistir em levar uma garrafa de vinho do porto na bolsa. Então bebíamos cerveja no hipódromo e — se as coisas estivessem indo bem — bebíamos no bar do lugar, na maioria das vezes uísque com água. Eu já tinha uma condenação por dirigir embriagado e dirigia um carro sem faróis, mal sabendo onde estava.

— Não se preocupe, querida — falava —, no próximo solavanco vai acender as luzes.

Nós tínhamos a vantagem da suspensão quebrada.

— Aqui tem um declive! Segure o chapéu!

— Eu não tenho chapéu!

Eu pisava fundo.

*Pow! Pow! Pow!*

Jan chacoalhava para cima e para baixo, tentando segurar a garrafa de vinho do porto. Eu segurava o volante e procurava um pouco de luz na estrada à nossa frente. Bater nesses solavancos sempre acendia as luzes. Às vezes mais rápido, às vezes mais devagar, mas sempre acendíamos as luzes.

# 42

Morávamos no quarto andar de um prédio velho; tínhamos dois quartos nos fundos. O apartamento foi construído na beira de um penhasco alto, então quando olhávamos pela janela de trás, parecia que estávamos no décimo segundo andar em vez do quarto. Era como morar na borda do fim mundo — um lugar de descanso antes da queda final.

Enquanto isso, nossa sequência de vitórias nas corridas havia acabado, como acontece com todas as sequências de vitórias. Tínhamos muito pouco dinheiro e estávamos bebendo vinho. Vinho do porto e moscatel. O chão da nossa cozinha era forrado com galões de vinho, uns seis ou sete deles, e na frente deles havia quatro ou cinco garrafas de uísque, e na frente das garrafas havia três ou quatro cervejas alinhadas.

— Um dia — falei para Jan —, quando comprovarem que o mundo tem quatro dimensões em vez de apenas três, um homem poderá sair para caminhar e apenas desaparecer. Sem enterro, sem lágrimas, sem ilusões, sem céu ou inferno. As pessoas estarão sentadas por aí e dirão: "O que aconteceu com o George?". E alguém vai dizer: "Bom, eu não sei. Ele disse que ia comprar um maço de cigarros".

— Que horas são? Eu quero saber que horas são — perguntou Jan.

— Vamos ver, nós ajustamos o relógio pelo rádio ontem à meia-noite. Sabemos que ele aumenta trinta e cinco minutos por hora. Ele está marcando sete e meia da noite agora, mas sabemos que não está certo porque ainda não escureceu o suficiente. Certo. São sete e meia. Sete vezes trinta e cinco minutos, isso dá duzentos e quarenta e cinco minutos. A metade de trinta e cinco é dezessete e meio. Isso nos dá duzentos e cinquenta e dois minutos e meio, ou seja, quatro horas e quarenta e dois minutos e meio. Então, ajustamos o relógio para cinco e quarenta e sete. Isso, cinco e quarenta e sete. É hora do jantar e não temos nada para comer.

Nosso relógio tinha caído e quebrado, e eu o consertei. Tirei a tampa traseira e encontrei algo errado com a mola principal e o pêndulo. A única maneira de fazer o relógio funcionar de novo foi encurtar e apertar a mola principal. Isso afetou a velocidade dos ponteiros; dava para quase ver o ponteiro dos minutos se movendo.

— Vamos abrir outro galão de vinho — disse Jan.

Na verdade, não tínhamos nada para fazer além de beber vinho e fazer amor.

Comíamos tudo o que tínhamos para comer. De noite, íamos passear e roubávamos cigarros dos painéis e dos porta-luvas dos carros estacionados.

— Será que eu faço umas panquecas? — perguntou Jan.

— Não sei se consigo encarar mais alguma — respondi.

Não tínhamos manteiga e nem banha, então Jan fritou as panquecas sem gordura. E não era bem massa de panqueca — era farinha misturada com água. Elas ficaram crocantes. Bem crocantes.

— Que tipo de homem eu sou? — pensei em voz alta. — Meu pai falou que eu acabaria assim! Com certeza posso sair e conseguir algo? Vou *sair* atrás de algo... Mas antes, uma boa bebida.

Enchi um copo de beber água com vinho do porto. Era um negócio difícil de engolir e, se você pensasse nisso enquanto bebia, com certeza botaria tudo para fora. Então, eu sempre projetava outro filme na minha cabeça. Pensava em um velho castelo na Escócia coberto de musgo — pontes levadiças, água anil, árvores, céu azul e nuvens *cumulus*. Ou pensava em uma moça sexy vestindo bem devagar uma meia de seda. Desta vez, projetei o filme da meia de seda.

Consegui beber o vinho.

— Estou indo. Até logo, Jan.

— Tchau, Henry.

Segui pelo corredor, desci os quatro lances de escada, passei bem devagarinho pelo apartamento do senhorio (estávamos com o aluguel atrasado) e saí na rua. Desci a ladeira e cheguei à Sixth com a Union Street. Atravessei a Sexta e caminhei para o leste. Havia um mercado pequeno lá. Passei por ele, virei e me aproximei de novo. A barraca de legumes estava na frente. Tinha tomates, pepinos, laranjas, abacaxis e toranjas. Fiquei ali olhando. Vi um senhor velho de avental conversando com uma mulher dentro da loja. Peguei um pepino, enfiei no bolso e fui embora. Quando já estava a uns quinze metros de distância, ouvi:

— Ei, senhor! *Senhor!* Volte aqui com este *pepino* ou vou chamar a *polícia!* Se não quiser ir para a *cadeia,* traga o *pepino de volta*!

Me virei e fiz a longa caminhada de volta. Tinha três ou quatro pessoas assistindo. Tirei o pepino do bolso e o coloquei de volta no topo da pilha de pepinos. Enfim, fui para o oeste. Subi a Union

Street, o lado oeste da colina, os quatro lances de escada e abri a porta. Jan olhou por cima da dose que bebia.

— Eu sou um fracasso — falei. — Não consigo roubar nem um pepino.

— Está tudo bem.

— Sirva as panquecas.

Fui até o galão e servi mais uma dose.

*...Eu cavalgava um camelo pelo Saara. Tinha um nariz grande, parecido com o bico de uma águia, mas ainda assim era muito bonito, sim, com roupas brancas e listras verdes. E eu tinha coragem, tinha matado mais de um. Tinha uma grande espada curva presa à minha cintura. Cavalguei em direção à tenda onde uma garota de catorze anos, abençoada com grande sabedoria e um hímen intacto, aguardava com ansiedade sobre um volumoso tapete oriental...*

A bebida desceu, o veneno chacoalhou meu corpo; eu conseguia sentir o cheiro de farinha e água queimando. Servi uma dose para Jan e outra para mim.

Em algum momento durante uma das nossas noites infernais, a Segunda Guerra Mundial acabou. A guerra sempre foi, na melhor das hipóteses, uma realidade vaga para mim, mas agora tinha acabado. E os empregos que já eram difíceis de conseguir ficaram ainda mais escassos. Eu levantava todas as manhãs e ia a todos os escritórios públicos de emprego, começando pelo Mercado de Trabalho Agrícola. Eu me levantava às quatro e meia da manhã, de ressaca, e em geral voltava antes do meio-dia. Caminhava sem parar entre as agências. Às vezes, eu conseguia um dia ocasional de trabalho descarregando vagões de carga, mas isso só depois que comecei a ir a uma agência privada que pegava um terço do meu salário. Então, havia muito pouco dinheiro e ficávamos cada vez mais atrasados com o aluguel. Mesmo assim, mantínhamos as garrafas de vinho alinhadas com bravura, fazíamos amor, brigávamos e aguardávamos.

Quando entrava um pouco de dinheiro, íamos a pé até o Grand Central Market para comprar carne barata para fazer um cozido, cenouras, batatas, cebolas e salsão. Colocávamos tudo em uma panela grande e nos sentávamos para conversar, sabendo que íamos comer, sentindo o cheiro das cebolas, dos legumes e da carne, ouvindo o borbulhar. Fumávamos palheiros e íamos dormir juntos, para depois acordar e cantar. Às vezes, o senhorio vinha nos dizer para não fazermos barulho e lembrava que *estávamos* atrasados com o aluguel. Os outros moradores nunca reclamavam das nossas brigas, mas não gostavam da nossa cantoria: "I Got Plenty Of Nothing"; "Old Man River"; "Buttons And Bows"; "Tumbling Along With The Tumbling Tumbleweeds"; "God Bless America"; "Deutschland über Alles"; "Bonaparte's Retreat"; "I Get The Blues When It Rains"; "Keep Your Sunny Side Up"; "No More Money In The Bank"; "Who's Afraid Of The Big Bad Wolf"; "When The Deep Purple Falls"; "A Tiskit A Tasket"; "I Married An Angel"; "Poor Little Lambs Gone Astray"; "I Want A Gal Just Like The Gal Who Married Dear Old Dad"; "How The Hell Ya Gonna Keep Them Down On The Farm"; "If I'd Known You Were Coming I'd A Baked A Cake"...*

* Uma emblemática playlist que define muito do gosto musical desse protagonista que foi chamado de "branquelo de merda", no começo do livro. Nela há canções importantes para a música negra estadunidense como "Old Man River", de Paul Robeson, e "I Got Plenty Of Nothing", famosa em várias vozes como Ella Fitzgerald, Louis Armstrong e Frank Sinatra, até canções nacionalistas como o hino nazista e "God Bless America", que surgiu como "música de paz" durante a Segunda Guerra e que se tornou uma espécie de segundo hino estadunidense. [*N.T.*]

# 43

Uma manhã eu estava tão enjoado que não consegui me levantar às quatro e meia — ou, de acordo com o nosso relógio, às sete e vinte e sete e meio. Desliguei o alarme e voltei a dormir. Algumas horas depois, houve um barulho alto no corredor.

— Que inferno está acontecendo? — perguntou Jan.

Saí da cama. Tinha dormido de cueca. Ela estava manchada — nos limpávamos com jornais amassados e amolecidos com as mãos — e muitas vezes eu não conseguia limpar tudo por completo. A cueca também estava esfarrapada e tinha buracos de cigarro onde as cinzas quentes costumavam cair no meu colo.

Fui até a porta e abri. Uma fumaça densa no corredor. Bombeiros com grandes capacetes de metal numerados. Bombeiros arrastando mangueiras longas e grossas. Bombeiros usando roupas de amianto. Bombeiros com machados. O barulho e a confusão eram incríveis. Fechei a porta.

— O que é isso? — perguntou Jan.

— É o Corpo de Bombeiros.

— Ah — disse ela. Puxou as cobertas cobrindo a cabeça e rolou para o lado. Eu me deitei ao lado dela e dormi.

# 44

Enfim fui contratado em um armazém de autopeças. Era na Flower Street, perto da Eleventh Street. Vendiam varejo na frente e também por atacado para outros distribuidores e lojas. Tive que me humilhar para conseguir esse emprego — disse que gostava de pensar o meu trabalho como uma segunda casa. Isso agradou.

Eu era recepcionista. Também andava por pelo menos meia dúzia de lugares no bairro buscando peças. Isso me tirava do prédio.

Um dia, durante o meu horário de almoço, percebi um jovem *chicano**, de aparência intensa e inteligente, lendo as corridas diárias no jornal.

— Você aposta em cavalos? — perguntei.

— Sim.

---

* Apesar de, a partir das décadas de 1960/1970, a população de descendentes de pessoas mexicanas nos Estados Unidos reivindicarem o termo "*chicano*" como parte da identidade delas, de se sentirem entre culturas, a palavra usada por Chinaski é empregada de forma racista e xenofóbica. O termo (um diminutivo de "mexicano") surgiu para designar, em especial, imigrantes mexicanos, em situação de pobreza, em geral na Costa Oeste, onde o protagonista vive. O personagem chama o menino de "*chicano*" baseado apenas na aparência dele. [*N.T.*]

— Posso ver o jornal?

Conferi as corridas. Devolvi o jornal.

— Meu Garotão Bobby vai levar a oitava.

— Eu sei. E nem o colocaram no topo.

— Melhor ainda.

— O que você acha que ele vai pagar?

— Uns nove para dois.

— Bem que eu queria fazer uma aposta.

— Eu também.

— Quando é a última corrida em Hollywood Park? — perguntou ele.

— Às cinco e meia.

— Vamos sair daqui às cinco da tarde.

— Nós nunca chegaríamos a tempo.

— Podíamos tentar. Meu Garotão Bobby vai ganhar.

— Que azar.

— Quer vir junto?

— Claro.

— Fique de olho no relógio. Às cinco em ponto nós zarpamos.

Faltando cinco minutos para as cinco da tarde, estávamos os dois trabalhando o mais próximo possível da saída dos fundos. Meu amigo, Manny, olhou para o relógio.

— Vamos enrolar dois minutos. Quando eu começar a correr, me siga.

Manny ficou lá colocando caixas de peças em uma prateleira traseira. De repente, ele disparou. Eu estava logo atrás e, em um piscar de olhos, saímos pela porta dos fundos, depois descemos pelo beco. Ele era um bom corredor. Descobri mais tarde que no Ensino Médio ele tinha sido o melhor corredor municipal dos quatrocentos metros. Devo ter permanecido um metro atrás dele o tempo todo pelo beco. O carro dele estava estacionado na esquina; ele destrancou e fomos embora.

— Manny, não vamos conseguir.

— Vamos, sim. Eu dou conta.

— Estamos a uns quinze quilômetros de distância. Temos que chegar, estacionar e ir até a bilheteria de apostas.

— Deixa comigo. Vamos conseguir.

— Não podemos parar nos sinais vermelhos.

Manny tinha um carro mais ou menos novo e sabia como mudar de faixa.

— Eu já apostei em todos os hipódromos deste país.

— No Caliente também?

— Ah, o Caliente. Os malditos ficam com vinte e cinco por cento.

— Eu sei.

— Na Alemanha é ainda pior. Lá é cinquenta por cento.

— E ainda assim conseguem apostadores?

— Ainda assim conseguem. Os otários acham que tudo o que têm a fazer é encontrar o vencedor.

— A gente encara dezesseis por cento, já é a maior dureza.

— Dureza. Mas um bom jogador pode vencer a porcentagem.

— Sim.

— Merda, um sinal vermelho!

— Que se foda. Fura.

— Vou cortar à direita. — Manny mudou de forma abrupta de faixa e cortou à direita no sinal. — Fica de olho nas viaturas.

— Certo.

Manny de fato dava conta. Se ele soubesse apostar em cavalos como dirigia, Manny seria um vencedor.

— Casado, Manny?

— Nem pensar.

— Mulheres?

— Às vezes. Mas nunca dura.

— Qual é o problema?

— Uma mulher é um trabalho em tempo integral. Você tem que escolher sua profissão.

— Suponho que há um desgaste emocional.

— Físico também. Elas querem transar noite e dia.

— Pega uma com quem você goste de transar.

— Sim, mas se você bebe ou joga, elas acham que é uma ofensa ao amor delas.

— Pega uma que goste de beber, jogar e transar.

— Quem quer uma mulher assim?

Enfim chegamos no estacionamento; era gratuito depois da sétima corrida. A entrada no hipódromo também era de graça. No entanto, não ter a programação ou o formulário de corrida era um problema. Se houvesse alguma eliminação, você não teria como saber qual cavalo no quadro de apostas era o seu.

Manny trancou o carro. Começamos a correr. Ele abriu seis corpos de vantagem sobre mim no estacionamento. Corremos por um portão aberto e descemos pelo túnel. Manny manteve os seis corpos de vantagem pelo túnel, que em Hollywood Park é bastante longo. Saindo do túnel e entrando na pista propriamente dita, eu me aproximei de Manny até ficar apenas cinco corpos atrás. Eu conseguia ver os cavalos no portão. Corremos em direção às janelas de apostas.

— *Meu Garotão Bobby... qual é mesmo o número?* — gritei, enquanto corríamos, para um homem com uma perna só. Antes que ele pudesse responder, eu já não conseguia mais ouvi-lo. Manny correu em direção ao guichê de cinco dólares. Quando cheguei lá, ele já estava com o bilhete.

— Qual é o número dele?

— Oito! É o cavalo número oito!

Fiz a minha aposta de cinco dólares e peguei meu bilhete quando o sino tocou, desligando as máquinas de apostas e iniciando a corrida com os cavalos saindo das baias.

Bobby fez quatro no quadro de seis para um na previsão da manhã. O cavalo número três era o favorito com cotação de seis para cinco. A corrida era de um título de oito mil dólares, com um percurso de quase dois quilômetros. Quando os cavalos contornaram a primeira curva, o favorito tinha uma liderança de três quartos de corpo e Bobby estava logo atrás dele, mantendo uma distância segura, como um carrasco. Bobby estava galopando solto e tranquilo.

— Devíamos ter apostado dez — comentei. — Vamos ganhar.

— Boa, fisgamos o vencedor. A menos que algum grandalhão surja do pelotão em disparada.

Bobby se posicionou ao lado do favorito na última curva e em seguida fez sua jogada mais cedo do que eu esperava. Era uma tática que os jóqueis usavam às vezes. Bobby ultrapassou o favorito, se encaixou na cerca e fez a corrida ali mesmo, em vez de esperar. Ele tinha três e meio de comprimento na cabeça da reta final. Então, do meio do pelotão saiu o cavalo que precisávamos vencer, o cavalo quatro, que estava cotado em nove para um, mas vinha se aproximando. Bobby, porém, deslizava pela pista. Ele ganhou com facilidade por dois corpos e meio de comprimento e pagou dez dólares e quarenta centavos.

# 45

No dia seguinte, o pessoal no trabalho ficou perguntando sobre nosso sumiço repentino. Manny e eu confessamos que tínhamos ido ver a última corrida de cavalo e que íamos de novo naquela tarde; inclusive, já havíamos escolhido o nosso cavalo. Uns caras perguntaram se a gente podia fazer umas apostas para eles. Respondi que não sabia. Na hora do almoço, Manny e eu fomos comer em um bar.

— Hank, vamos pegar as apostas deles.

— Mas eles não têm grana alguma, no máximo uns trocados para comprar café e chiclete que as esposas dão pra eles. Não temos tempo pra ficar brincando nas janelinhas de dois dólares.

— Eu quis dizer que vamos ficar com o dinheiro deles em vez de fazer as apostas.

— E se eles ganharem?

— Eles não vão ganhar. Sempre escolhem o cavalo errado. Têm um talento especial para isso.

— E se eles apostarem no nosso cavalo?

— Aí a gente vai saber que escolheu o cavalo errado.

— Manny, o que você está fazendo trabalhando em autopeças?

— Descansando. Minha ambição é limitada pela preguiça.

Tomamos mais uma cerveja e voltamos para o armazém.

# 46

Corremos pelo túnel enquanto colocavam os cavalos na largada. Queríamos o Agulhinhas Felizes. Só estávamos apostando nove para cinco e eu achei que não íamos ganhar dois dias seguidos, então apostei só cinco dólares. Manny foi mais ousado e apostou dez para ganhar. Agulhinhas Felizes ganhou por um pescoço, passando os outros na última reta. Conseguimos aquela vitória e também ganhamos trinta e dois dólares em apostas ruins, cortesia dos caras do armazém.

A notícia se espalhou, e os caras de outros armazéns, onde eu ia pegar peças, faziam as apostas comigo. Manny estava certo, era raro eles ganharem. Eles não sabiam apostar; apostavam muito baixo ou muito alto e o prêmio sempre ficava no meio. Comprei um bom par de sapatos, um cinto novo e duas camisas caras. O dono do armazém já não parecia tão poderoso. Manny e eu demorávamos um pouco mais na hora do almoço e voltávamos fumando charutos bons. Mas ainda era uma viagem difícil sairmos todas as tardes para ver a última corrida. A multidão começou a nos reconhecer quando saíamos correndo daquele túnel, e todas as tardes éramos aguardados. As pessoas gritavam e acenavam com as fichas, e essa torcida parecia aumentar quando passávamos por ela correndo em direção às janelas de apostas.

# 47

A nova vida não agradou muito a Jan. Estava acostumada com as quatro trepadas por dia e também a me ver pobre e humilde. Depois de um dia no armazém, seguido pela louca viagem e por fim a corrida pelo estacionamento, descendo o túnel, não sobrava muito amor em mim. Todas as noites, quando eu chegava, ela já estava bem avançada no vinho.

— Senhor Apostador de Cavalos — falava ela assim que eu entrava. Ficava toda arrumada, de salto alto, meia-calça e pernas cruzadas, balançando um dos pés. — Senhor Grande Apostador de Cavalos. Sabe, quando te conheci, eu gostava da maneira como você se portava nos lugares. Você não apenas *andava*, era como se fosse atravessar uma parede, como se possuísse tudo, como se nada importasse. Agora que você tem alguns trocados no bolso, não é mais o mesmo. Você age como um estudante de odontologia ou um encanador.

— Não me venha com essa história de encanadores, Jan.

— Tem duas semanas que você não faz amor comigo.

— O amor tem muitas formas. O meu tem sido mais sutil.

— Tem duas semanas que você não me come.

— Tenha paciência. Em seis meses estaremos de férias passeando em Roma e Paris.

— Olhe para você! Se servindo desse uísque caro e me deixando aqui bebendo esse vinho barato e ordinário.

Relaxei em uma cadeira e girei o meu uísque com os cubos de gelo. Eu estava usando uma camisa amarela cara, muito vistosa, e calças novas, verdes com listras brancas.

— O Grande e Poderoso Apostador de Cavalos!

— Te dou vida. Te dou sabedoria, luz, música e um pouco de riso. Além disso, eu sou o maior apostador de cavalos do mundo.

— Merda de cavalo!

— Não, apostador de cavalos. — Bebi todo o uísque, me levantei e preparei outro.

# 48

As discussões sempre eram as mesmas. Agora eu entendia de verdade — os grandes amantes eram sempre homens de lazer. Eu trepava melhor quando era um vagabundo do que sendo um batedor de ponto.

Jan começou o contra-ataque, que era discutir comigo, me deixar enfurecido e depois fugir para as ruas, para os bares. Tudo o que ela precisava fazer era se sentar no banco de um bar sozinha para as bebidas, as ofertas, virem. É claro que eu não achava isso justo.

Virou um padrão na maioria das noites: ela brigava, pegava a bolsa e saía pela porta. Era eficaz; nós tínhamos vivido e amado juntos por muitos dias. Era para doer em mim, e doía mesmo. Mas eu sempre a deixava ir enquanto ficava impotente na minha cadeira bebendo uísque e ouvindo um pouco de música clássica no rádio. Sabia que ela estava por aí e que ia encontrar outra pessoa. Mas eu tinha que deixar acontecer, tinha que deixar as coisas seguirem o próprio curso.

Certa noite eu estava lá sentado e de repente senti como se algo dentro de mim tivesse rompido, senti uma agitação pelo corpo, então me levantei, desci os quatro lances de escada e saí.

Caminhei do cruzamento da Third e Union Street até a Sixth Street e depois fui em direção a Alvarado. Passei pelos bares e sabia que Jan estava por ali. Tive um palpite e segui, entrei e lá estava ela, com um lenço de seda verde e branco estendido no colo, sentada no fundo do bar entre um homem magro com uma verruga grande no nariz e outro que era uma pequena montanha corcunda de óculos bifocais e um terno preto velho.

Jan me viu chegar. Levantou a cabeça e, até mesmo naquela escuridão, parecia estar pálida. Andei até ela e fiquei atrás do banco em que estava sentada.

— Tentei transformar você em uma mulher honesta, mas nunca será nada além de uma maldita prostituta!

Bati nela e a derrubei do banco. Ela se estatelou no chão e gritou. Peguei a bebida dela e tomei o que restava. Depois, fui andando devagar em direção à saída. Quando cheguei, virei.

— Se alguém aqui for *contra* o que acabei de fazer, que fale de uma vez.

Não houve resposta. Acho que gostaram do que fiz. Voltei para casa pela Alvarado Street.

# 49

Fui trabalhando cada vez menos no armazém de autopeças. O dono, sr. Mantz, passava e me encontrava agachado em um canto escuro ou em um dos corredores, colocando de maneira preguiçosa as peças que chegavam nas prateleiras.

— Você está bem, Chinaski?

— Estou.

— Você está doente?

— Não.

Aí ele saía andando. A cena se repetia diversas vezes com variações mínimas. Uma vez ele me pegou fazendo um esboço do beco no verso de uma fatura. Meus bolsos estavam cheios de dinheiro de apostas. As ressacas não eram tão ruins, já que eram causadas pelo melhor uísque que o dinheiro podia comprar.

Continuei trabalhando por mais duas semanas, recebendo meu pagamento. Em uma quarta-feira de manhã, Mantz ficou parado no corredor central perto do escritório e acenou para mim. Quando entrei no escritório, Mantz estava de volta atrás da escrivaninha dele.

— Sente-se, Chinaski.

No centro da mesa tinha um cheque, virado para baixo. Deslizei o cheque pelo tampo de vidro da mesa e, sem olhar para ele, o coloquei em minha carteira.

— Sabia que íamos demitir você?

— Chefes nunca são difíceis de entender.

— Chinaski, você não tem feito a sua parte há um mês e sabe disso.

— O cara se mata de trabalhar e vocês não valorizam.

— Você não tem se matado de trabalhar, Chinaski.

Fiquei um tempo encarando os meus sapatos. Não sabia o que dizer. Então olhei para ele.

— Eu dei o meu *tempo* para você. É tudo o que tenho para dar, é tudo o que qualquer homem tem. E por míseros um dólar e vinte e cinco centavos por hora.

— Lembre-se de que você implorou por este trabalho. Disse que o trabalho era a sua segunda casa.

— ...o meu tempo para que você possa viver em sua grande casa na colina e ter todas as coisas que vêm com ela. Se alguém perdeu alguma coisa neste acordo, neste arranjo... fui eu. Você entende?

— Tudo bem, Chinaski.

— Tudo bem?

— Sim. Apenas vá.

Me levantei. Mantz usava um terno marrom conservador, camisa branca e uma gravata vermelha escura. Tentei finalizar a conversa com um toque de elegância.

— Mantz, eu quero meu seguro-desemprego. Não quero ter problema com isso. Vocês estão sempre tentando tirar de um homem trabalhador os direitos dele. Então, não me cause problemas ou eu voltarei aqui.

— Terá o seu seguro. Agora, dê o fora daqui!

Dei o fora dali.

# 50

Eu tinha meus ganhos e o dinheiro das apostas, então, fiquei em casa; Jan gostou disso. Depois de duas semanas recebi o seguro-desemprego e relaxamos e trepamos e percorremos bares e toda semana eu ia ao Departamento de Emprego do Estado da Califórnia, ficava na fila e recebia meu chequezinho simpático. Eu só tinha que responder três perguntas:

— Você é capaz de trabalhar?

— Você está disposto a trabalhar?

— Você aceitaria um emprego?

— Sim! Sim! Sim! — Eu sempre respondia.

Eu também tinha que entregar uma lista de três empresas onde me candidatei a vagas de emprego durante a semana anterior. Pegava nomes e endereços na lista telefônica. Eu sempre ficava surpreso quando um dos solicitantes de seguro-desemprego respondia "não" a alguma das três perguntas. Os cheques eram retidos na mesma hora e eles eram levados para outra sala, onde conselheiros especialmente treinados os ajudavam a seguir rumo à área pobre da cidade.

Mas, apesar dos cheques e do saldo de dinheiro das corridas, meu extrato começou a esvaziar. Jan e eu agíamos por completo de forma irresponsável quando bebíamos muito e nossos problemas continuavam a chegar aos montes. Eu sempre ia correndo até a cadeia de Lincoln Heights para pagar a fiança de Jan. Ela descia de elevador com uma das matronas sapatão do lado, quase sempre com um olho roxo ou a boca cortada, muitas vezes com chato, cortesia de algum maníaco que ela tinha achado em um bar por aí. Era uma grana para a fiança, além de custos adicionais e multas, sem contar o requerimento de juízes para frequentar reuniões do A.A. por seis meses. Também tive a minha cota de sentenças suspensas e multas pesadas. Jan me livrou de várias acusações, que iam desde tentativa de estupro até agressão, exposição indecente e perturbação da ordem pública. Perturbação do sossego também era uma das minhas favoritas. A maioria dessas acusações não envolvia ficar preso, contanto que as multas fossem pagas. Mas era um enorme gasto contínuo. Lembro-me de uma noite em que nosso velho carro parou do lado de fora do MacArthur Park. Olhei no espelho retrovisor e disse:

— Beleza, Jan, estamos com sorte. Vamos ter ajuda para dar aquele tranco no carro. O cara está vindo bem atrás de nós. Existem almas bondosas neste mundo feio. — Aí eu olhei de novo: — Segura *firme*, Jan, ele vai *bater* no carro!

O filho da mãe não reduziu a velocidade e nos atingiu com tudo na traseira, com tanta força que o banco da frente desabou e fomos atirados no chão. Saí do carro e perguntei ao cara se ele tinha comprado a carteira de motorista. Também o ameacei. A polícia chegou e me perguntou se eu me importava de soprar o balão.*

* O bafômetro como conhecemos agora — aparelho que permite medir a concentração de álcool em uma pessoa — ainda era um dispositivo em teste na década de 1940 e não tinha esse nome. Foi apenas em 1954 que um estadunidense, dr. Robert Borkenstein, apresentou o aparelho mais próximo do que conhecemos hoje. [*N.T.*]

— Não faça isso — falou Jan.

Mas eu não quis ouvir. Sei lá como eu deduzi que, já que o cara tinha batido na gente, eu não poderia estar bêbado. A última coisa que me lembro é de entrar na viatura com Jan parada ao lado do nosso carro com o banco da frente quebrado. Incidentes como esse — e eles vieram um atrás do outro — nos custaram muito dinheiro. Pouco a pouco, nossas vidas estavam desmoronando.

# 51

*Jan e eu estávamos em Los Alamitos. Era um sábado. Corrida de Cavalo Quarto de Milha era uma novidade na época. Você ganhava ou perdia em dezoito segundos. Naquela época, as arquibancadas eram compostas por fileiras de tábuas simples e sem verniz. Estava começando a lotar quando chegamos lá, e colocamos jornais nos nossos lugares para mostrar que estavam ocupados. Depois, fomos ao bar para estudar nossas fichas de apostas...*

*Lá pelo quarto páreo, estávamos com dezoito dólares de lucro, sem contar as despesas. Fizemos nossas apostas para a próxima corrida e voltamos para nossos lugares. Um homem baixinho, de cabelos grisalhos, estava sentado bem no meio dos nossos jornais.*

*— Senhor, esses lugares são nossos.*

*— Esses lugares não estão reservados.*

*— Eu sei que não estão reservados. Mas é uma questão de gentileza. Sabe... algumas pessoas chegam cedo, pessoas pobres como o senhor e eu, que não podem pagar por lugares reservados, e colocam jornais para indicar que os lugares estão ocupados. É como um código, sabe, um código de gentileza... porque se os pobres não forem decentes uns com os outros, ninguém mais será.*

*— Esses lugares* não *estão reservados.*

*Ele se estendeu um pouco mais nos jornais.*

*— Jan, senta. Eu fico em pé — falei.*

*Jan tentou se sentar.*

*— Só vá um pouco para o lado — pedi a ele —, se o senhor não pode ser um cavalheiro, pelo menos não seja um patife.*

*Ele se moveu um pouco. Eu tinha apostado na corrida 7/2 na última posição. O jóquei sofreu uma trombada no início e teve que dar uma arrancada no final. Chegou no último segundo para tirar, por pouco, uma foto com o favorito 6/5. Aguardei, esperançoso. Anunciaram o número do outro cavalo vencedor. Eu tinha apostado vinte dólares para ganhar.*

*— Vamos beber alguma coisa.*

*Havia um placar dentro do bar com as probabilidades da próxima corrida e as chances eram altas. Pedimos bebidas para um homem que parecia um urso-polar. Jan olhou no espelho preocupada com a flacidez das bochechas e as bolsas sob os olhos. Eu nunca olhava para espelhos. Jan ergueu a bebida.*

*— Aquele velho nos nossos lugares, que cara de pau. É um velhote espertalhão.*

*— Não fui com a cara dele.*

*— Ele adivinhou o seu jogo.*

*— O que um cara pode fazer com um velho?*

*— Se ele fosse jovem, você também não teria feito nada.*

*Eu verifiquei as probabilidades. Pete Três Olhos, com 9/2, parecia tão bom quanto a primeira ou segunda escolha. Terminamos de beber e eu apostei cinco dólares na vitória. Quando voltamos às arquibancadas, o velho ainda estava lá. Jan sentou-se ao lado dele. As pernas deles estavam pressionadas uma contra a outra.*

*— O que você faz da vida? — perguntou Jan para ele.*

*— Imóveis. Ganho sessenta mil por ano, descontado os impostos.*

*— Então, por que você não compra um lugar reservado? — perguntei.*

*— Essa é minha prerrogativa.*

*Jan pressionou seu flanco contra o velho. Ela sorriu o sorriso mais bonito.*

*— Sabia — começou — que você tem olhos azuis muito bonitos?*

*— Aham.*

*— Qual é o seu nome?*

*— Tony Endicott.*

*— O meu é Jan Meadows. Meu apelido é Misty.*

*Posicionaram os cavalos no portão e eles irromperam. Pete Três Olhos saiu na frente. Ele manteve a liderança por um pescoço. Nos últimos cinquenta metros, o jóquei puxou o chicote, batendo no traseiro do cavalo. O segundo favorito deu uma pequena última investida. Outra vez tiraram a foto, e eu sabia que tinha perdido.*

*— Você tem um cigarro? — perguntou Jan a Endicott.*

*Ele lhe entregou um. Ela colocou na boca e, com os flancos pressionados um contra o outro, ele acendeu o cigarro para ela. Os dois se olharam nos olhos. Me abaixei e peguei o velho pelo colarinho. Ele se encolheu um pouco, mas eu continuei segurando ele pela gola da camisa.*

*— Senhor, você está sentado no meu lugar.*

*— Sim. E o que você vai fazer?*

*— Olhe para baixo entre seus pés. Vê a abertura debaixo do seu assento? É uma queda de quase onze metros. Posso empurrá-lo.*

*— Você não tem coragem.*

*Anunciaram o número do segundo favorito. Perdi. Consegui baixar uma das pernas dele e fazê-la passar, balançando. Ele resistiu; e era forte de maneira surpreendente. Enfiou os dentes na minha orelha esquerda; estava arrancando ela. Coloquei meus dedos em volta da garganta dele e o estrangulei. Havia um pelo branco e comprido crescendo no pescoço dele. Ele ofegava. A boca dele abriu e eu puxei minha orelha para fora. Empurrei a outra perna dele para baixo. Uma imagem de Zsa Zsa Gabor* piscou no meu cérebro: ela estava bacana, serena, impecável, usando pérolas, os seios saindo do vestido decotado — aí os lábios que nunca seriam meus disseram, não. O velho se agarrava a uma tábua.*

* Zsa Zsa Gabor (1917-2016) foi uma atriz húngara-estadunidense que atuou em filmes como *Lili* (1953) e *A marca da maldade* (1958). Ficou mais conhecida pelas polêmicas de celebridades do que pela carreira de atriz. É interessante Chinaski citar ela porque mostra uma certa inconsistência do tempo na narrativa de bêbado dele: a atriz só estrearia no cinema estadunidense em 1952 e há poucos capítulos ele narrou o fim da Segunda Guerra Mundial. [*N.T.*]

*Estava pendurado debaixo da arquibancada. Tirei uma das mãos. Depois tirei a outra. Ele caiu pela abertura. Devagar. Bateu, quicou uma vez, mais alto do que se esperava, caiu de novo, quicou mais uma vez, e lá ficou, imóvel. Não tinha sangue. As pessoas ao nosso redor estavam muito quietas. Se inclinaram sobre as fichas delas.*

*— Vamos embora — disse.*

*Jan e eu saímos pela porta lateral. As pessoas ainda estavam entrando. Era uma tarde amena, quente, mas não muito quente, só quente de maneira suave. Caminhamos para fora da pista, passando pela sede do clube e, olhando pela cerca de arame farpado ao leste, vimos os cavalos saindo das baias, fazendo a lenta volta para desfilar em frente às arquibancadas. Caminhamos até o estacionamento. Entramos no carro. Partimos. Voltamos para a cidade: primeiro passamos pelos poços de petróleo e tanques de armazenamento, depois pela zona rural, passando por pequenas fazendas, silenciosas e limpas, o feno empilhado dourado e irregular, os celeiros brancos descascando no sol da tarde, pequenas casas de fazenda assentadas na frente de um terreno mais elevado, perfeitas e acolhedoras. Quando chegamos em nosso apartamento, descobrimos que não havia nada para beber. Mandei Jan sair para comprar algo. Quando ela voltou, nos sentamos e bebemos sem falar muito.*

# 52

Quando acordei, estava suando. A perna de Jan estava jogada sobre minha barriga. Afastei. Depois, levantei e fui para o banheiro. Eu estava com diarreia.

Pensei: *bom, estou vivo e sentado aqui, e ninguém veio atrás de mim.*

Aí me levantei, me limpei e olhei; *que sujeira*, pensei, *que fedor adorável e poderoso*. Depois, vomitei e dei descarga em tudo. Estava muito pálido. Um arrepio passou pelo meu corpo, me sacudindo; depois veio uma onda de calor, meu pescoço e orelhas queimavam, meu rosto ficou vermelho. Fiquei tonto e fechei os olhos, apoiando as duas mãos sobre a pia. Passou.

Fui para a cama, sentei na beirada e enrolei um cigarro. Não tinha me limpado direito. Quando me levantei para procurar uma cerveja, vi uma mancha úmida e marrom. Fui ao banheiro e me limpei de novo. Enfim, sentei na cama com minha cerveja e esperei Jan acordar.

Foi no pátio da escola que eu descobri que era um idiota. Era ridicularizado, cutucado e zombado, assim como outros idiotas. Minha única vantagem em relação aos que eram espancados e perseguidos é que eu era carrancudo. Quando me cercavam, não ficava amedrontado. Nunca me atacavam, mas acabavam se voltando a algum outro e batiam nele enquanto eu assistia.

Jan se mexeu, depois acordou e me olhou.

— Você acordou.

— Sim.

— Foi uma noite e tanto.

— Noite? Droga, é o *dia* que me incomoda.

— O que você quer dizer?

— Você sabe o que eu quero dizer.

Jan se levantou e foi para o banheiro. Eu misturei vinho do Porto com cubos de gelo e coloquei na mesinha de cabeceira.

Ela saiu, sentou e pegou a bebida.

— Como você está se sentindo? — perguntou.

— Eu matei um cara e você me pergunta como eu estou me sentindo.

— Que cara?

— Você se lembra; não estava tão bêbada assim. Estávamos em Los Alamitos, eu joguei o velho pela arquibancada. Seu pretendente de olhos azuis com sessenta mil dólares por ano.

— Você tá doido.

— Jan, quando você bebe, apaga. Eu também, mas você é pior do que eu.

— A gente não estava em Los Alamitos. Você odeia cavalos quarto de milha.

— Eu até lembro o nome dos cavalos em que apostei.

— Ontem a gente ficou aqui o dia e a noite toda. Você me contou sobre seus pais. Seus pais te odiavam, certo?

— Certo.

— Então agora você tá meio biruta. Sem amor. Todo mundo precisa de amor. Isso te deturpou.

— As pessoas não precisam de amor. O que elas precisam é de sucesso de alguma forma. Pode ser amor, mas não necessariamente.

— A Bíblia diz: "Ame o próximo".

— Isso pode significar deixá-lo em paz. Vou sair pra comprar um jornal.

Jan bocejou e os seios dela se ergueram. Eles eram de uma cor marrom dourada interessante — como um bronzeado misturado com sujeira.

— Aproveite e traga uma garrafinha de uísque.

Me vesti e caminhei ladeira abaixo em direção à Third Street. Havia uma farmácia no pé do morro e do lado, um bar. O sol estava exaustivo, alguns carros iam para o leste e outros para o oeste, e me ocorreu que se todo mundo dirigisse na mesma direção tudo seria resolvido.

Comprei um jornal. Fiquei ali parado, lendo. Não tinha nada sobre um apostador de cavalos assassinado em Los Alamitos. Óbvio, pois tinha acontecido no condado de Orange. Talvez o condado de Los Angeles só relatasse os próprios assassinatos.

Comprei um Granddad de meio litro na loja de bebidas e voltei subindo a ladeira. Dobrei o jornal debaixo do braço e abri a porta de casa. Joguei o uísque para Jan.

— Gelo, água e uma boa dose para nós dois. Estou ficando maluco.

Jan foi para a cozinha preparar o drinque e eu me sentei. Abri o jornal, procurando pelos resultados das corridas em Los Alamitos. Li o resultado da quinta corrida: Pete Três Olhos tinha sido derrotado de nove para dois e tinha perdido por um nariz para o segundo favorito.

Quando Jan trouxe o drinque, eu botei tudo para dentro.

— Pode ficar com o carro — falei — e a metade do dinheiro que eu ainda tenho.

— É outra mulher, não é?

— Não.

Juntei todo o dinheiro e o espalhei sobre a mesa da cozinha. Tinha trezentos e doze dólares e uns trocados. Dei a chave do carro e cento e cinquenta dólares para Jan.

— É a Mitzi, não é?

— Não.

— Você não me ama mais.

— Pare com isso, por favor.

— Você está cansado de transar comigo, não está?

— Só me leve até a rodoviária, por favor.

Ela foi ao banheiro e começou a se arrumar. Estava chateada.

— Você e eu perdemos o rumo. Não é mais como era no começo.

Preparei outro drinque e não respondi. Jan saiu do banheiro e olhou para mim.

— Hank, fica comigo.

— Não.

Ela voltou para o banheiro e não disse mais nada. Peguei a mala e comecei a colocar minhas poucas coisas dentro. Peguei o relógio. Ela não ia precisar dele.

Jan me deixou do lado de fora do terminal da Greyhound*. Ela mal me deu tempo de pegar minha mala e já tinha ido embora. Entrei e comprei minha passagem. Depois, fui até os bancos

---

* A Greyhound é uma das empresas de transporte rodoviário mais conhecidas da América do Norte (atua nos três países) e está em operação desde 1914. Tornou-se famosa no mundo exatamente por figurar em inúmeros filmes de Hollywood e na literatura sempre que alguém precisa pegar a estrada, em especial na primeira metade do século XX, como nas narrativas e poemas da Geração Beat — justamente entre as décadas de 1940 e 1950, período das situações vividas por Chinaski. [*N.T.*]

duros onde estavam os outros passageiros. Ficamos sentados lá, olhando, e evitando olhar, um para o outro. Mastigamos chiclete, bebemos café, fomos ao banheiro, urinamos, dormimos. Sentamos nos bancos duros e fumamos cigarros que não queríamos fumar. Olhamos um para o outro e não gostamos do que vimos. Olhamos as coisas nas prateleiras: batatas fritas; revistas; amendoins; livros; chicletes; balas de alcaçuz; apitos de brinquedo.

# 53

Miami foi o mais longe que eu consegui ir sem sair do país. Levei Henry Miller* comigo e tentei lê-lo durante toda a viagem. Ele era bom quando era bom, e vice-versa. Tomei uma cerveja. Depois tomei outra e mais outra. A viagem durou quatro dias e cinco noites. Fora um episódio de fricção de pernas e coxas com uma jovem de cabelos castanhos cuja faculdade os pais não pagavam mais, nada de muito interessante aconteceu. Ela desceu no meio da noite, em uma região incrivelmente desolada e fria do país, e desapareceu. Eu sempre tive insônia e a única hora em que de fato conseguia dormir dentro de um ônibus era quando estava bêbado por completo. Não me arrisquei a tentar. Quando chegamos, eu não tinha dormido e nem cagado por cinco dias e mal conseguia andar. Era início da noite. Era bom estar nas ruas de novo.

QUARTOS PARA ALUGAR. Subi e toquei a campainha. Em momentos como esse, sempre se coloca a mala velha fora da vista da pessoa que vai abrir a porta.

---

* Henry Miller (1891-1980) foi um escritor estadunidense conhecido pela literatura autobiográfica e erótica, uma influência pontual para Bukowski. Alguns dos livros mais famosos dele são *Trópico de Câncer* (1934), *Sexus* (1949) e *Big Sur e as laranjas de Hieronymus Bosch* (1957). [N.T.]

— Estou procurando um quarto. Quanto custa?

— Seis dólares e cinquenta por semana.

— Posso dar uma olhada?

— Mas é claro.

Entrei e segui a mulher pela escada. Aparentava ter uns quarenta e cinco anos, mas a bunda ainda balançava bem. Eu já tinha seguido tantas mulheres pela escada desse jeito, sempre pensando, se apenas uma mulher legal como essa se oferecesse para cuidar de mim, me alimentar com comida quente e gostosa, com meias e cuecas limpas para eu usar, eu aceitaria.

Ela abriu a porta e eu dei uma olhada.

— Tá bom — disse —, parece em ordem.

— Você tem emprego?

— Trabalho por conta própria.

— Posso perguntar o que você faz?

— Sou escritor.

— Nossa, você já escreveu livros?

— Ah, eu ainda não estou pronto para um romance. Eu só escrevo artigos, fragmentos para revistas. Na verdade, não sou muito bom, mas estou me aprimorando.

— Tudo bem. Vou te dar a chave e fazer um recibo.

A segui escada abaixo. O traseiro não balançava tão bem descendo a escada quanto subindo. Olhei para a nuca dela e me imaginei beijando atrás das orelhas.

— Sou a sra. Adams — disse ela. — Qual é o seu nome?

— Henry Chinaski.

Enquanto ela fazia o recibo, eu ouvi um som como se estivessem serrando madeira vindo de trás da porta à nossa esquerda — só que os rangidos eram interrompidos com pausas para o fôlego. Cada respiração parecia ser a última, mas cada uma acabava levando dolorosamente a outra.

— Meu marido está doente — disse a sra. Adams enquanto me entregava o recibo e a chave. Ela sorriu. Os olhos eram de uma adorável cor avelã e brilhavam. Me virei e subi de novo as escadas.

Assim que entrei no quarto, lembrei que tinha deixado a mala lá embaixo. Desci para pegá-la. Ao passar pela porta da sra. Adams, os gemidos estavam ainda mais altos. Subi com a mala, a joguei na cama e desci de novo, rumo à noite. Encontrei uma avenida principal um pouco ao norte, entrei em uma mercearia e comprei um pote de pasta de amendoim e um pão de forma. Eu tinha uma faca no bolso que poderia usar para passar a pasta no pão e assim ter algo para comer.

Quando voltei para a pensão, fiquei parado no corredor ouvindo o sr. Adams e pensei, *isso é a Morte*. Depois, subi para o meu quarto, abri o pote de pasta de amendoim e, enquanto ouvia os sons da morte lá embaixo, enfiei meus dedos na pasta. Comi direto dos dedos. Estava ótima. Então abri o pão. Estava verde e embolorado e tinha um cheiro azedo e forte. Como podem vender pão desse jeito? Que tipo de lugar era a Flórida? Joguei o pão no chão, tirei a roupa, apaguei a luz, puxei as cobertas e fiquei deitado na escuridão, só ouvindo.

# 54

Na manhã seguinte estava muito silencioso e pensei, que bom, levaram o cara para o hospital ou para o necrotério. Talvez agora eu consiga cagar. Me vesti e fui até o banheiro pelo corredor e consegui fazer. Voltei para o meu quarto, deitei na cama e dormi mais um pouco.

Acordei com uma batida na porta. Me sentei e gritei "Entre!" antes de pensar. Era uma mulher vestida toda de verde. A blusa era decotada e a saia bem justa. Ela parecia uma estrela de cinema. Ficou parada ali me olhando por um tempo. Eu estava sentado, de cueca, segurando o lençol na frente. Chinaski, o grande amante. *Se eu fosse um tipo qualquer de homem*, pensei, *eu a estupraria, colocaria fogo nas calcinhas dela, a forçaria a me seguir pelo mundo inteiro e faria lágrimas surgirem nos olhos dela com minhas cartas de amor escritas em papel de seda vermelho-claro*. Os traços dela eram indefinidos e não eram nada como o corpo; no geral o rosto era arredondado, os olhos pareciam procurar os meus, mas o cabelo estava um pouco bagunçado e despenteado. Ela estava na casa dos trinta anos. No entanto, algo a estava excitando.

— O marido da sra. Adams morreu ontem à noite — disse ela.

— Ah — respondi, imaginando se ela se sentia tão bem quanto eu com o fim do barulho.

— Estamos fazendo uma vaquinha para comprar flores para o funeral do sr. Adams.

— Eu não acho que flores sejam para os mortos, eles não precisam delas — falei meio sem jeito.

Ela hesitou.

— Nós achamos que seria uma coisa legal de fazer e eu queria saber se você gostaria de contribuir?

— Gostaria de ajudar, mas cheguei em Miami ontem à noite e estou liso.

— Liso?

— Procurando emprego. Estou na pior, como dizem. Gastei meu último centavo em um pote de pasta de amendoim e um pão. O pão estava verde, mais verde do que o seu vestido. Deixei no chão e nem os ratos quiseram comer.

— Ratos?

— Não sei como é no seu quarto.

— Mas quando conversei com a sra. Adams ontem à noite, perguntei sobre o novo inquilino... somos todos meio que uma família aqui... e ela disse que você é escritor, que escreve para revistas como a *Esquire* e a *Atlantic Monthly*.*

— Que inferno, eu nem consigo escrever. Isso é apenas conversa. Faz a dona da pensão se sentir melhor. O que eu preciso é de um emprego, qualquer tipo de emprego.

* Tanto a *Esquire* quanto a *Atlantic Monthly* (hoje apenas *Atlantic*) são revistas estadunidenses de prestígio. A primeira é voltada para um público masculino (na lógica heterossexual e cisgênero) e a segunda é uma revista literária e cultural que historicamente tem um papel importante em publicar os primeiros textos de grandes autorias. [N.T.]

— Você não pode contribuir com vinte e cinco centavos? Vinte e cinco centavos não vão te fazer falta.

— Minha linda, eu preciso dos vinte e cinco centavos mais do que o sr. Adams.

— Honre os mortos, meu jovem.

— Por que não honrar os vivos? Eu estou sozinho, desesperado, e você está uma graça nesse vestido verde.

Deu de costas, saiu, caminhou pelo corredor, abriu a porta do quarto dela, entrou, fechou a porta e eu nunca mais a vi.

# 55

O Departamento de Emprego do Estado da Flórida era um lugar simpático. Não era tão cheio quanto o escritório de Los Angeles, que sempre estava lotado. Era minha vez de ter um pouco de sorte, não muita, mas um pouquinho. Era verdade que eu não tinha muita ambição, mas deveria existir um lugar para pessoas sem ambição, quero dizer, um lugar melhor do que aquele em geral reservado. Em que inferno um homem poderia gostar de ser acordado às seis e meia por um despertador, pular da cama, se vestir, se alimentar à força, cagar, mijar, escovar os dentes e o cabelo, lutar contra o trânsito para chegar a um lugar onde, em essência, você faz muito dinheiro para outra pessoa e é solicitado a ser grato pela oportunidade de fazer aquilo?

Me chamaram. O atendente tinha a minha ficha, aquela que eu preenchi ao entrar. Eu elaborei a minha experiência de trabalho de uma maneira criativa. Os profissionais fazem isso: você deixa de fora os trabalhos anteriores de baixa qualidade e descreve os melhores por completo, claro que omitindo qualquer menção daqueles períodos em branco quando você ficou alcoólatra por seis meses e viveu com alguma mulher que acabou de sair de um hospício ou de um casamento ruim. Claro, como todos os meus empregos anteriores eram de baixa qualidade, eu deixei de fora os de qualidade ainda pior.

O funcionário passou os dedos pelo arquivo de vagas e puxou uma.

— Ah, aqui está um trabalho para o senhor.

— Sim?

Ele olhou por cima da ficha.

— Trabalhador de saneamento básico.

— Quê?

— Coletor de lixo.

— Não quero.

Eu tremia só de pensar em todo aquele lixo, as ressacas matinais, negros rindo de mim, o peso impossível das latas e eu vomitando minhas tripas em meio às cascas de laranja, borras de café, cinzas de cigarro úmidas, cascas de banana e absorventes usados.

— Qual o problema? Não é bom o suficiente para o senhor? São quarenta horas por semana. Com estabilidade. Uma vida inteira de estabilidade.

— Você pega esse emprego e eu pego o seu.

Silêncio.

— Eu sou treinado para esse trabalho.

— É mesmo? Eu passei dois anos na faculdade. É um pré-requisito para recolher o lixo?

— Que tipo de trabalho o senhor quer, afinal?

— Continue folheando esses cartões.

Ele folheou. Então olhou por cima das fichas de novo.

— Não temos nada para o senhor. — Ele carimbou a caderneta que me deram e a devolveu. — Daqui sete dias o senhor entra em contato conosco para novas possibilidades de emprego.

# 56

Consegui um trabalho pelo jornal. Fui contratado por uma loja de roupas, mas não era em Miami, era em Miami Beach*, e eu tinha que sair de ressaca todas as manhãs e atravessar o mar. O ônibus corria ao longo de uma faixa muito estreita de cimento que ficava suspensa sobre a água, sem meio-fio, sem nada; era só isso, mesmo. O motorista se inclinava e acelerávamos sobre essa faixa estreita de cimento cercada de água, e todas as pessoas no ônibus, as vinte e cinco ou quarenta ou cinquenta e duas pessoas, confiavam nele, menos eu. Às vezes era um motorista novato, e eu pensava, *como eles selecionam esses desgraçados?* A água é funda dos dois lados, e com um erro de julgamento ele mata todo mundo. Era ridículo. Já pensou se ele tivesse discutido com a esposa naquela manhã? Ou tivesse câncer? Ou uma visão de Deus? Dor de dente? Qualquer coisa. Ele poderia fazer isso. Afogar todo mundo. Eu sabia que se estivesse dirigindo, consideraria a possibilidade ou o desejo de afogar todo mundo. E, às vezes, depois de tais considerações, a possibilidade se transforma em

---

* Miami Beach é uma cidade-ilha, hoje ligada por pontes à cidade de Miami. Na época, a ligação era mais precária, como demonstra o relato de Chinaski. [*N.T.*]

realidade. Para cada Joana D'Arc, há um Hitler empoleirado na outra extremidade da gangorra. A velha história do bem e do mal. Mas não teve motoristas nos jogando no mar. Em vez disso, eles pensavam em pagamentos de carro, pontuações de beisebol, cortes de cabelo, férias, lavagens intestinais, visitas familiares. Não tinha qualquer homem de verdade naquela merda. Eu sempre chegava no trabalho enjoado, mas em segurança. O que demonstra por que Schumann soava mais familiar do que Shostakovich...*

Fui contratado como o que eles chamam de pau para toda obra. O pau para toda obra é o cara que fica à disposição sem tarefas específicas. Supõe-se que ele *sabe* o que fazer depois de consultar algum poço profundo de instinto primitivo. De modo instintivo, se supõe que saiba o que vai manter as coisas funcionando sem problemas, o que melhor manterá a empresa, a Mãe, e atenderá até as menores necessidades que são irracionais, contínuas e mesquinhas.

Um bom pau para toda obra não tem rosto, nem sexo, é sacrificial; ele está sempre esperando na porta quando chega o primeiro cara com a chave. Logo ele está lavando a calçada, chamando cada pessoa pelo nome assim que elas chegam, sempre com um sorriso brilhante e tranquilo. Obediente. Isso faz com que todos se sintam um pouco melhor antes de começar a labuta sangrenta. Ele cuida para que o papel higiênico seja abundante, em especial na latrina das mulheres. Que as lixeiras nunca transbordem. Que nenhuma sujeira cubra as janelas. Que os reparos sejam logo

* Robert Schumann (1810-1856) e Dmitri Shostakovich (1906-1975) foram dois pianistas e compositores de música clássica, de gerações diferentes. [*N.T.*]

feitos em mesas e cadeiras do escritório. Que as portas abram com facilidade. Que os relógios sejam ajustados. Que o carpete permaneça no chão. Que mulheres bem nutridas e poderosas não precisem carregar pacotes.

Eu não era muito bom. Minha ideia era ficar por ali sem fazer nada, sempre evitando o chefe e os enxeridos que poderiam me dedurar. Eu nem era tão esperto assim. Era mais instinto do que qualquer outra coisa. Sempre começava um trabalho com a sensação de que logo iria sair ou ser demitido, e isso me dava um jeito descontraído, que era confundido com inteligência ou algum poder secreto.

Era uma loja de roupas autônoma por completo, combinando atacado e varejo em um só lugar. A sala de exposição, os produtos finais e as pessoas que vendiam ficavam no térreo, já a fábrica ficava em cima. A fábrica era um labirinto de passarelas e corredores pelos quais nem mesmo ratos conseguiam passar, sótãos estreitos e longos com homens e mulheres sentados trabalhando sob lâmpadas de trinta watts, sem olhar para cima ou falar, curvados e silenciosos, fazendo tudo com agulhas, pedais e linhas.

Houve uma ocasião em que um dos meus empregos em Nova York era levar rolos de tecido para sótãos como esse. Eu empurrava meu carrinho de mão na rua movimentada, indo pelo tráfego, depois para um beco atrás de algum prédio sujo. Tinha um elevador escuro e eu precisava puxar cordas presas a bobinas de madeira manchada. Uma das cordas era para subir, a outra era para descer. Não tinha luz e, enquanto o elevador subia devagar, eu observava no escuro os números escritos em branco nas paredes vazias — 3, 7, 9, rabiscados em giz por alguma mão desconhecida. Chegava no andar pretendido, puxava outra corda com os dedos e, usando toda a minha força, abria devagar a pesada porta de metal antiga, que revelava fileiras e mais fileiras de velhas senhoras judias nas respectivas máquinas, trabalhando em peças de roupa; a costureira número um na máquina número um, determinada a manter seu lugar; a segunda melhor na máquina número dois, pronta para substituí-la caso falhasse. Elas nunca olhavam para cima ou reconheciam de alguma forma a minha presença quando entrava.

Eu não precisava fazer entregas nessa fábrica e loja de roupas de Miami Beach. Tudo estava à mão. No meu primeiro dia, andei pelo labirinto de salas, olhando as pessoas. Ao contrário de Nova York, a maioria das pessoas trabalhando eram negras. Me aproximei de um homem, bem pequeno — quase minúsculo — que tinha uma cara mais agradável do que a maioria. Ele estava fazendo um trabalho minucioso com uma agulha. Eu tinha meia dose de bebida no bolso.

— Te deram um péssimo trabalho, hein? Quer uma bebida?

— Com certeza — respondeu.

Tomou um bom gole e devolveu a garrafa. Me ofereceu um cigarro.

— É novo na cidade?

— Aham.

— De onde é?

— Los Angeles.

— Estrela de cinema?

— Sim, de férias.

— Você não deveria estar falando com os empregados.

— Eu sei.

Ele ficou em silêncio. Parecia um macaquinho, um macaco velho e gracioso.* Para os caras do andar de baixo, ele *era* um macaco. Dei um trago. Estava me sentindo bem. Fiquei assistindo todo mundo trabalhando silenciosamente sob as lâmpadas de trinta watts, as mãos se movendo de forma delicada e rápida.

— Meu nome é Henry — falei.

— Brad — respondeu ele.

— Olha, Brad, eu fico mal à beça vendo vocês trabalhando assim. Que tal se eu cantar uma música pra vocês?

— Não faça isso.

— Você está com um trabalho péssimo aí. Por que você aceita isso?

— Que merda, cara, eu não tenho outra opção.

— O Senhor disse que havia.

— Você acredita no Senhor?

— Não.

— No que você acredita?

— Nada.

— Estamos quites.

Conversei com outras pessoas. Os homens não falavam muito, algumas mulheres riam da minha cara.

— Sou um espião. — Eu ria de volta. — Sou um espião da empresa. Estou vigiando todo mundo.

* Aqui Chinaski se refere ao personagem usando o substantivo masculino "monkey", que se refere ao animal mamífero macaco. Sabe-se que, historicamente, fazer comparações entre esse animal e uma pessoa racializada é uma prática racista corriqueira. [*N.T.*]

Dei mais um trago e cantei minha canção favorita, "My Heart is a Hobo"*. Continuaram trabalhando. Ninguém nem levantou o olhar. Quando terminei, ainda estavam trabalhando. Ficou quieto por um tempo. Então ouvi uma voz:

— Escuta, branquelo, pare de nos incomodar.

Decidi lavar a calçada da frente.

* "My Heart is a Hobo" é uma canção escrita para o filme *Deus me deu um amigo* (1947) e ficou conhecida na voz de Bing Crosby, um dos protagonistas do filme. A palavra "hobo" aqui é interessante porque, apesar de ter um tom pejorativo no inglês estadunidense, para o jornalista H.L. Mencken, ela cabe com perfeição a Chinaski: um tipo de trabalhador migratório. [*N.T.*]

# 57

Não sei quantas semanas trabalhei naquele lugar. Acho que foram seis. Em determinado momento, fui transferido para a seção de recebimento, conferindo os envios de calças que chegavam com as listas de embalagem. Eram pedidos devolvidos para ganhar crédito em lojas filiais, em geral fora do estado. As listas de embalagem nunca vinham erradas, porque era provável que o cara do outro lado estava com medo demais de perder o emprego para ser descuidado. Ele deve estar na sétima de trinta e seis parcelas do carro novo, a esposa deve fazer curso de cerâmica nas noites de segunda, os juros da hipoteca deve estar devorando ele vivo e cada um dos cinco filhos deve beber um litro de leite por dia.

Sabe, eu não sou um cara de roupas. Roupas me aborrecem. São coisas terríveis, inconvenientes, assim como vitaminas, astrologia, pizzas, pistas de patinação, música pop, campeonatos de peso-pesado etc.. Eu estava sentado lá fingindo contar as calças que chegavam quando de repente encontrei algo especial. Tinha eletricidade no tecido, que grudou nos meus dedos e não queria soltar. Alguém enfim havia feito algo interessante. Examinei o tecido. Parecia tão mágico quanto a sensação de tocá-lo.

Levantei e levei as calças comigo até a latrina. Entrei e tranquei a porta. Eu nunca havia roubado nada antes.

Tirei minha calça e dei descarga no vaso sanitário. Depois, vesti as calças mágicas. Enrolei as pernas das calças mágicas até logo abaixo dos joelhos. Enfim, coloquei de volta minha própria calça por cima delas.

Dei descarga de novo.

Saí do banheiro. Na minha ansiedade, parecia que todo mundo me encarava. Caminhei até a frente da loja. Faltava cerca de uma hora e meia para o fim do expediente. O chefe estava parado atrás do balcão, perto da porta. Ele me encarou.

— Eu tenho algo para resolver, sr. Silverstein. Pode descontar do meu pagamento...

# 58

Cheguei no meu quarto e tirei minha calça velha. Desenrolei as pernas da minha calça mágica e vesti uma camisa limpa, engraxei meus sapatos e saí na rua com minha calça nova. Era de uma bela cor marrom, com um vivo extravagante correndo na vertical.

O tecido brilhava. Fiquei na esquina e acendi um cigarro. Um táxi parou. O motorista enfiou a cabeça para fora da janela:

— Táxi, senhor?

— Não, obrigado — falei, jogando o fósforo na sarjeta e atravessando a rua.

Andei sem rumo por quinze ou vinte minutos. Três ou quatro taxistas me perguntaram se eu queria uma corrida. Depois, comprei uma garrafa de vinho do porto e voltei para o quarto. Tirei a roupa, pendurei, fui para a cama, bebi o vinho e escrevi um conto sobre um pobre empregado que trabalhava em uma fábrica de roupas em Miami. Certo dia, este pobre empregado conheceu uma garota rica na praia durante a hora de almoço. Ele merecia o dinheiro dela e ela fez tudo o que podia para mostrar que merecia ele...

Quando cheguei para trabalhar na manhã seguinte, o sr. Silverstein estava em frente ao balcão perto da porta. Ele tinha um cheque na mão. Moveu a mão na minha direção. Dei um passo à frente e peguei o cheque. Depois, voltei para a rua.

# 59

A viagem de ônibus levou quatro dias e cinco noites até chegar em Los Angeles. Como de costume, eu não dormi e nem caguei durante a viagem. Houve uma breve movimentação quando o ônibus estava em um canto da Louisiana e uma loirona entrou. Naquela noite, ela começou a cobrar dois dólares, e todos os homens e uma mulher no ônibus aproveitaram a generosidade dela, exceto eu e o motorista. As transações eram feitas à noite na parte de trás do ônibus. O nome dela era Vera. Usava batom roxo e ria bastante. Se aproximou de mim durante uma breve parada em uma lanchonete. Ficou atrás de mim e perguntou:

— *Qualé* o problema, tu é bom demais para mim?

Eu nem respondi.

— Um veado* — ouvi ela resmungar com nojo enquanto se sentava ao lado de um dos caras comuns...

* * *

---

* A palavra usada no original *"fag"*, é uma abreviação do substantivo "*faggot*", palavra ofensiva, usada para fazer referência pejorativa a homens homossexuais. Como é o caso do "*chicano*", *"fag"* também é uma palavra que vem sendo reivindicada como ofensiva pela comunidade LGBTQIA+. [*N.T.*]

Em Los Angeles, percorri os bares do antigo bairro, procurando por Jan. Não consegui nada até encontrar Whitey Jackson trabalhando atrás do balcão do bar no Pink Mule. Ele me contou que Jan estava trabalhando como camareira no Hotel Durham, na esquina da Beverly com a Vermont. Fui para lá. Estava procurando o escritório do gerente quando Jan saiu de um quarto. Parecia bem, ficar longe de mim por um tempo a tinha ajudado. Aí ela me viu. Ficou ali parada, os olhos ficaram muito azuis e arregalados, e ela se manteve ali. Então disse:

— Hank! — Ela correu até mim e nos abraçamos.

Ela me beijou de maneira louca e eu tentei retribuir o beijo.

— Jesus — disse —, eu pensei que nunca mais ia te ver!

— Eu voltei.

— Você voltou para ficar?

— L.A. é a minha cidade.

— Dê um passo para trás — pediu —, deixa eu te olhar.

Eu dei um passo para trás, sorridente.

— Você está magro, perdeu peso — comentou.

— Você está ótima — falei —, está sozinha?

— Sim.

— Não tem ninguém?

— Ninguém. Você sabe que eu não suporto gente.

— Fico feliz que esteja trabalhando.

— Vem para o meu quarto — disse ela.

Fui atrás dela. O quarto era muito pequeno, mas causava uma impressão boa. Dava para olhar pela janela e ver o tráfego, ver os sinais funcionando, ver o entregador de jornais na esquina. Gostei do lugar. Jan se jogou na cama.

— Vem, deita aqui — disse ela.

— Estou com vergonha.

— Eu te amo, seu idiota — assegurou —, a gente já transou umas oitocentas vezes, então relaxa.

Tirei meus sapatos e me estiquei. Ela ergueu uma perna.

— Ainda gosta das minhas pernas?

— Caramba, claro que sim. Jan, você terminou o expediente?

— Falta o quarto do sr. Clark. E o sr. Clark não se importa. Ele me deixa gorjeta.

— Ah, é?

— Eu não estou fazendo nada. Ele apenas me dá gorjeta.

— Jan...

— Sim?

— A passagem de ônibus levou todo o meu dinheiro. Preciso de um lugar para ficar até arrumar um emprego.

— Eu posso te esconder aqui.

— Sério?

— Claro.

— Eu te amo, baby — falei.

— Traste — retrucou ela.

E lá fomos nós. Foi bom. Muito, muito bom.

Mais tarde, Jan se levantou e abriu uma garrafa de vinho. Abri meu último maço de cigarros e ficamos sentados na cama bebendo e fumando.

— Você é tudo — disse ela.

— O que quer dizer?

— Quero dizer que nunca conheci um homem como você.

— Ah, é?

— Os outros se entregam só dez ou vinte por cento, mas você se entrega *inteiro*, é muito diferente.

— Não sei nada sobre isso.

— Você é um puto, pode pegar qualquer mulher.

Isso me fez sentir bem. Depois de fumarmos, fizemos amor de novo. Aí Jan me mandou buscar outra garrafa. Eu voltei. Eu tinha que voltar.

# 60

Fui contratado de imediato em uma empresa de luminárias fluorescentes. Ficava na Alameda Street, ao norte, em um conjunto de armazéns. Eu era o encarregado da expedição. Era bastante fácil, pegava os pedidos de uma cesta de arame, preenchia-os, empacotava as luminárias em caixas de papelão e empilhava em paletes na doca de carga, cada caixa rotulada e numerada. Eu pesava as caixas, emitia um conhecimento de embarque e telefonava para as empresas de transporte virem buscar a carga.

No meu primeiro dia lá, à tarde, eu ouvi um estrondo alto atrás de mim, perto da linha de montagem. As prateleiras velhas de madeira que abrigavam as peças acabadas estavam se soltando da parede e caindo no chão — metal e vidro batiam no chão de cimento, quebrando tudo e fazendo um barulho terrível. Os trabalhadores da linha de montagem correram para o outro lado do prédio. Depois ficou tudo em silêncio. O chefe, Mannie Feldman, saiu do escritório.

— *Que porra está acontecendo aqui?*

Ninguém respondeu.

— *Tá bom, desliguem a linha de montagem! Todo mundo pega um martelo e pregos, e coloca essas porras de prateleiras de volta lá em cima!*

O sr. Feldman voltou para o escritório. Não tinha nada para eu fazer além de entrar e ajudar todo mundo. Nenhum de nós era carpinteiro. Levamos a tarde toda e metade da manhã seguinte para pregar as prateleiras de volta. O sr. Feldman só saiu do escritório quando terminamos.

— *Então, conseguiram? Certo, agora me escutem. Eu quero as novecentas e trinta e nove empilhadas no topo, as oitocentas e vinte logo abaixo, e as persianas e vidros nas prateleiras mais baixas, entenderam? Hein, todo mundo entendeu?*

Ninguém respondeu. As novecentas e trinta e nove eram as mais pesadas — eram pesadas pra caramba — e ele queria que ficassem no topo. Ele era o chefe. Fizemos o que ele pediu. Empilhamos tudo lá em cima, todo aquele peso, e colocamos as coisas leves nas prateleiras mais baixas. Aí voltamos ao trabalho. As prateleiras aguentaram o resto do dia e a noite toda. Na manhã seguinte, começamos a ouvir sons de rangidos. As prateleiras estavam começando a ceder. Os trabalhadores da linha de montagem começaram a se afastar, rindo. Cerca de dez minutos antes do intervalo do café da manhã, tudo caiu de novo. O sr. Feldman saiu correndo do escritório:

— *Que porra está acontecendo aqui?*

# 61

O que o Feldman estava tentando fazer era receber o seguro e falir ao mesmo tempo. Na manhã seguinte, apareceu um homem elegante do Banco da América. Ele disse para não levantarmos mais estantes.

— Só empilhem essas merdas no chão. — Foi como ele colocou.

O nome dele era Jennings, Curtis Jennings. Feldman devia muito dinheiro ao Banco da América, que queria o dinheiro de volta antes que o negócio afundasse. Jennings assumiu a administração da empresa. Andava por lá observando todo mundo. Examinou os livros-caixa de Feldman; verificou as fechaduras, as janelas e a cerca de segurança ao redor do estacionamento. Veio até mim:

— Não use mais a transportadora Sieberling. Eles tiveram quatro roubos ao transportar uma das cargas pelo Arizona e Novo México. Existe algum motivo específico para você estar usando essa transportadora?

— Não, nenhuma. — O representante da Sieberling vinha me pagando dez centavos para cada duzentos e vinte e tantos quilos de carga transportada.

Em três dias, Jennings demitiu um homem que trabalhava na recepção e substituiu três homens na linha de montagem por três jovens mexicanas dispostas a trabalhar pela metade do salário. Demitiu o zelador e, além da expedição, me colocou para dirigir o caminhão da empresa em entregas locais.

Recebi o primeiro salário e saí do canto da Jan para um apartamento meu. Quando cheguei em casa uma noite, ela tinha se mudado para lá.

— Que porra — falei para ela —, agora a minha casa é a sua casa?

Pouco tempo depois, tivemos nossa pior briga. Ela foi embora e eu fiquei bêbado por três dias e três noites. Quando fiquei sóbrio, sabia que meu emprego já era. Nunca mais voltei. Decidi limpar o apartamento. Passei o aspirador no chão, esfreguei a beirada das janelas, lavei a banheira e a pia, encerei o piso da cozinha, matei todas as aranhas e baratas, esvaziei e lavei os cinzeiros, lavei a louça, esfreguei a pia da cozinha, pendurei toalhas limpas e coloquei um novo rolo de papel higiênico. *Devo estar virando uma bicha**, pensei.

Quando Jan por fim voltou para casa — depois de uma semana —, ela me acusou de ter trazido uma mulher aqui, porque tudo estava limpíssimo. Ficou muito brava, mas era apenas um disfarce para sua própria culpa. Eu não conseguia entender por que não me livrava dela. Era uma infiel compulsiva — saía com qualquer um que conhecesse em um bar, e quanto mais baixo e sujo ele fosse, mais ela gostava. Ela sempre usava nossas brigas para se justificar. Eu continuava falando para mim mesmo que todas as mulheres do mundo não eram umas vagabundas, só a minha.

* Mais uma vez a palavra usada é *"fag"*, abreviação do substantivo *"faggot"*, termo ofensivo que faz referência pejorativa a homens homossexuais. [*N.T.*]

# 62

Entrei no prédio do *Times**. Eu tinha feito dois anos de Jornalismo no Los Angeles City College. Uma moça na recepção me parou.

— É aqui que precisam de repórter? — perguntei.

Ela me entregou uma folha de papel impressa.

— Preencha, por favor.

Era a mesma coisa na maioria dos jornais em várias cidades. Você era contratado porque era famoso ou porque conhecia alguém. Preenchi o formulário mesmo assim. Dei uma boa aparência ao que preenchi. Depois saí e fui andando pela Spring Street.

Era um dia quente de verão. Comecei a suar e me coçar. Minha virilha coçava. Comecei a coçá-la. A coceira ficou insuportável. Continuei andando e me coçando. Não podia ser um repórter, não podia ser um escritor, não conseguia encontrar uma boa mulher, tudo o que sabia fazer era andar e coçar como um macaco. Corri para o meu carro estacionado em Bunker Hill. Dirigi às

---

* *Los Angeles Times*, fundado em 1881 e um dos maiores jornais diários impresso dos Estados Unidos, é em geral chamado de *Times* ou *L.A. Times*. [N.T.]

pressas de volta para o apartamento. Jan não estava lá. Fui ao banheiro e tirei a roupa.

Eu meti a mão na virilha e achei algo lá. Puxei pra fora. Soltei na palma da mão e olhei para aquilo. Era branco e tinha várias perninhas. Estava se mexendo. Fiquei fascinado. Aí, do nada, pulou para fora da minha mão e foi parar no chão do banheiro. Fiquei olhando. Com um salto rápido, sumiu. É provável que tenha voltado para os meus pentelhos! Senti nojo e raiva. Fiquei lá procurando, mas não encontrei mais. Meu estômago começou a embrulhar. Fui para o vaso e vomitei. Aí me vesti de novo.

Tinha uma farmácia na esquina. Lá estavam uma velha e um velho atrás do balcão. A mulher veio até mim.

— Não — expliquei —, eu quero falar com ele.

— Ah — disse ela.

O velho veio até mim. Ele era o farmacêutico. Parecia muito limpo.

— Sou vítima de uma injustiça — falei para ele.

— Como?

— Veja bem, você tem algo para...

— Para o quê?

— Aranhas, pulgas... pernilongos, lêndeas...

— Para o quê?

— *Você tem algo para chato?*

O coroa me olhou com nojo.

— Espere aqui — disse ele. Tirou algo debaixo do balcão. Voltou e, mantendo a maior distância possível de mim, me entregou uma pequena caixa de papelão verde e preta. Aceitei com humildade. Entreguei a ele uma nota de cinco dólares. Recebi meu troco com o braço esticado. A velha recuou para um canto da farmácia. Me senti como se fosse um assaltante.

— Espera — falei para o coroa.

— O que é agora?

— Quero umas camisinhas.

— Quantas?

— Ah, um pacote, um punhado.

— Com lubrificante ou sem?

— Quê?

— Com lubrificante ou sem?

— Me dê as lubrificadas.

Me entregou as camisinhas com cuidado. Paguei. Mais uma vez, ele me entregou o troco com o braço esticado. Saí da farmácia. Enquanto caminhava pela rua, tirei as camisinhas da embalagem e dei uma olhada. Em seguida as atirei na sarjeta.

De volta ao apartamento, tirei toda a minha roupa e li as instruções. Dizia para aplicar a pomada nas partes afetadas e esperar trinta minutos. Liguei o rádio, encontrei uma sinfonia e espremi a pomada do tubo. Era verde. Apliquei com cuidado. Depois, deitei na cama e olhei para o relógio. Trinta minutos. Droga, como eu odiava aqueles bichos, por mim podia ser até uma hora. Depois de quarenta e cinco minutos, começou a arder. *Vou matar todos esses filhos da mãe*, pensei. A ardência aumentou. Rolei na cama e cerrei os punhos. Ouvi Beethoven. Ouvi Brahms e aguentei firme. Mal cheguei a uma hora. Enchi a banheira e pulei dentro, lavando a pomada. Quando saí da banheira, não conseguia andar. A parte de dentro das minhas coxas estava queimada, meus testículos estavam queimados, minha barriga estava queimada, eu estava vermelho como um orangotango. Me movi muito devagar em direção à cama. Mas eu tinha matado os bichos, tinha visto eles descerem pelo ralo da banheira.

Quando Jan chegou em casa, eu estava me contorcendo na cama. Ela ficou me olhando.

— O que foi?

Eu rolei e xinguei.

— Sua puta do caralho! Olha o que você *fez* comigo!

Pulei da cama. Mostrei pra Jan o interior das minhas coxas, minha barriga, minhas bolas. Minhas bolas estavam vermelhas. Meu pau estava pegando fogo.

— Meu Deus! O que é isso?

— Você não sabe? Como você não sabe? *Eu* não transei com mais ninguém! Eu peguei isso de *você!* Você é *portadora*, uma *vadia* cheia de doenças.

— Quê?

— Piolho, chato, você me passou *chato!*

— Não, eu não tenho chato. Deve ser a Geraldine.

— Como é?

— Eu fiquei na casa da Geraldine, devo ter pego quanto sentei no vaso sanitário dela.

Me joguei na cama.

— Ah, não me venha com essa merda! Vai buscar algo pra gente beber! Não tem porra nenhuma pra beber aqui!

— Eu não tenho dinheiro.

— Pega na minha carteira. Você sabe fazer isso. E vai logo! Algo pra beber! Tô morrendo aqui!

Jan saiu. Eu podia ouvi-la correndo pelas escadas. O rádio agora tocava Mahler.

# 63

Na manhã seguinte, acordei enjoado. Foi quase impossível dormir com o lençol em cima de mim. No entanto, as queimaduras pareciam um pouco melhores. Levantei, vomitei e olhei para o meu rosto no espelho. Os bichos tinham me pegado. Eu não tive nenhuma chance.

Deitei na cama. Jan estava roncando. Ela não roncava alto, mas o ronco era persistente. Era algo parecido com o que eu acho que seria um porquinho roncando. Quase grunhidos. Olhei para ela, me perguntando com quem eu estava vivendo. Tinha um nariz pequeno e arrebitado, e o cabelo loiro estava ficando "acinzentado", como ela descrevia, à medida que ia ficando grisalho. O rosto estava flácido, surgindo uma papada; ela era dez anos mais velha do que eu. Só quando estava maquiada, vestindo uma saia justa e usando saltos altos é que ela ficava bem. A bunda ainda estava em forma, assim como as pernas, e ela tinha um rebolado sedutor quando caminhava. Agora, olhando para ela, não parecia tão maravilhosa. Estava dormindo de lado e a pança estava para fora. Mas ela era muito boa de cama. Eu nunca tive uma transa melhor. Era a forma como ela gostava da coisa. Ela de fato absorvia o momento. Suas mãos me apertavam e sua xoxota segurava tão forte quanto. A maioria das fodas não são nada de mais, são principalmente trabalho, como tentar subir uma ladeira muito íngreme e lamacenta. Mas não a Jan.

O telefone tocou. Tocou várias vezes antes que eu conseguisse me arrastar da cama e atender.

— Sr. Chinaski?

— Sim?

— Aqui é do *Times*.

— Sim?

— Analisamos sua candidatura e gostaríamos de contratá-lo.

— Repórter?

— Não, manutenção e faxina.

— Tudo bem.

— Apresente-se ao superintendente Barnes na portaria sul às nove horas da noite.

— Ok.

Desliguei o telefone. O barulho tinha acordado Jan.

— Quem era?

— Consegui um emprego e mal consigo andar. Me apresento hoje à noite. Não sei que diabos vou fazer.

Voltei para a cama, como uma tartaruga com a bunda assada, e despenquei nela.

— Vamos pensar em algo.

— Não consigo ficar de roupa. Não sei o que fazer.

Ficamos esticados na cama, olhando para o teto. Jan se levantou e foi ao banheiro. Quando voltou, disse:

— Já sei!

— Opa!

— Vou te enrolar em gaze.

— Acha que vai funcionar?

— Claro.

Jan se vestiu e foi às compras. Ela voltou com gaze, esparadrapo e uma garrafa de moscatel. Pegou alguns cubos de gelo, preparou um drinque para cada um de nós e encontrou uma tesoura.

— Ok, vamos te enfaixar.

— Espera aí, eu só tenho que estar lá às nove da noite. É um trabalho noturno.

— Mas eu quero praticar. Venha.

— Tá bom. Merda.

— Levanta um joelho.

— Tá. Devagar.

— Agora, vamos rodar e rodar. O bom e velho carrossel.

— Alguém já te disse como você é engraçada?

— Não.

— É compreensível.

— Pronto. Um pouco de fita adesiva. Mais um pouco de esparadrapo. Pronto. Agora levanta o outro joelho, amor.

— Esqueça o romance.

— Rodando, rodando e rodando. Suas pernas grandes e gordas.

— Tua bunda grande e gorda.

— Ora, ora, ora, seja bonzinho, meu amor. Mais um pouco de esparadrapo. E um pouco mais. Você está novinho em folha!

— Um trapo.

— Agora, vamos para as bolas, suas grandes bolas vermelhas. Bem a tempo para o Natal!

— Espera! O que você vai fazer com as minhas bolas?

— Vou enrolá-las.

— Não é perigoso? Pode afetar meu gingado.

— Não vai machucar nada.

— Elas vão escapar.

— Eu vou colocá-las em um belo casulo.

— Antes disso, me traga outra dose.

Fiquei sentado com o drinque e ela começou a me embrulhar.

— Rodando, rodando e rodando. Pobres bolinhas. Pobres bolonas. O que fizeram com vocês? Rodando, rodando e rodando e lá vamos nós. Agora um pouco de esparadrapo. E mais um pouco. E mais um pouquinho.

— Não cole minhas bolas no meu rabo.

— Bobinho! Eu não faria isso! Eu te amo!

— Sei.

— Agora levanta e dá uma volta. Tenta andar por aí.

Levantei e caminhei devagar pelo quarto.

— Ei, ficou ótimo! Eu me sinto como um eunuco, mas estou ótimo.

— Talvez os eunucos tenham uma vida boa.

— Acredito que sim.

— Que tal uns ovos cozidos?

— Claro. Acho que vou sobreviver.

Jan colocou uma panela com água no fogão, jogou quatro ovos e esperamos.

# 64

Cheguei lá às nove da noite. O superintendente me mostrou onde ficava o registro de ponto. Bati o ponto. Ele me entregou três ou quatro panos e um recipiente grande.

— Tem um corrimão de latão que dá a volta no prédio. Quero que você dê um brilho nele.

Saí e procurei pelo corrimão. Estava lá. Rodeava o prédio, que era grande. Coloquei um pouco de lustro no corrimão e esfreguei com um dos panos. Não pareceu fazer muita diferença. As pessoas passavam por mim e me olhavam de maneira curiosa. Eu já tinha tido empregos entediantes e estúpidos, mas este parecia ser o mais entediante e estúpido de todos.

Decidi que não ia ficar pensando muito. Mas como parar de pensar? Por que fui o escolhido para dar brilho neste corrimão? Por que não posso estar lá dentro, escrevendo editoriais sobre corrupção na prefeitura? Bom, poderia ser pior. Eu poderia estar na China trabalhando em um campo de arroz.

Dei brilho em cerca de oito metros de corrimão, virei a esquina e vi um bar do outro lado da rua. Atravessei a rua com meus trapos e recipiente e entrei no bar. Estava vazio, só tinha o barman.

— Como vai? — perguntou.

— Ótimo. Me vê uma garrafa de Schlitz*.

Ele pegou a garrafa, abriu, recebeu o meu dinheiro e colocou no caixa.

— Onde estão as garotas? — perguntei.

— Que garotas?

— Você sabe. As garotas.

— Este é um lugar de respeito.

A porta abriu. Era o superintendente Barnes.

— Posso lhe pagar uma cerveja? — perguntei.

Ele veio até mim e ficou do meu lado.

— Termine de beber, Chinaski, vou te dar uma última chance.

Eu terminei a cerveja e segui com ele para fora. Atravessamos a rua.

— Pelo visto — disse ele —, você não é muito bom em dar brilho em latão. Venha comigo.

Entramos no prédio do *Times* e subimos juntos em um elevador. Saímos em um dos andares superiores.

— Presta atenção — falou, apontando para uma caixa de papelão comprida, em cima de uma mesa —, essa caixa contém lâmpadas fluorescentes novas. Você deve substituir todas as lâmpadas queimadas. Tire as antigas e coloque as novas. Aqui está a escada.

— Ok — respondi.

O superintendente saiu, e eu fiquei sozinho de novo. Estava em algum tipo de depósito. Aquele lugar tinha o pé-direito mais alto que eu já tinha visto. A escada tinha uns onze metros de altura. Sempre tive medo de altura. Peguei um novo tubo de

* A marca de cervejas Schlitz já foi a maior produtora de cerveja dos Estados Unidos, fundada em 1849, mas fechou em 1999. [*N.T.*]

luz e subi devagar na escada. Tive que lembrar a mim mesmo de novo: "não pense". Fui subindo. Os tubos fluorescentes tinham cerca de um metro e meio de comprimento. Eles quebravam com facilidade e eram difíceis de manusear. Quando cheguei no topo da escada, olhei para baixo. Que grande erro. Fui tomado por uma vertigem. Eu era um covarde. Estava de costas para uma janela grande em um dos andares superiores. Me vi caindo da escada e atravessando a janela, caindo pelo espaço até atingir a rua. Vi os carros minúsculos indo de um lado para o outro lá embaixo, com os faróis brilhando na noite. Então, bem devagar, removi um tubo fluorescente queimado. Substituí por um novo. Depois, desci a escada, sentindo mais alívio a cada degrau. Quando pisei no chão, prometi a mim mesmo que nunca mais subiria naquela escada.

Fui dar uma volta e fiquei lendo as coisas deixadas nas mesas e escrivaninhas. Entrei em um escritório envidraçado. Tinha um bilhete para alguém: "Certo, vamos dar uma chance para esse cartunista novo, mas ele tem que ser bom mesmo. Tem que começar bem e continuar assim, não vamos ficar bancando ninguém aqui".

Uma porta abriu e apareceu o superintendente Barnes.

— Chinaski, o que você está fazendo aí dentro?

Saí do escritório.

— Eu sou um ex-aluno de jornalismo e estou curioso, senhor.

— Foi só isso que você fez? Trocou uma luminária?

— Senhor, eu não consigo. Tenho medo de altura — respondi.

— Tudo bem, Chinaski. Por hoje vou te dispensar. Você não merece outra chance, mas quero que você volte amanhã às nove da noite pronto para trabalhar. Aí veremos.

— Sim, senhor.

Fui com ele em direção ao elevador.

— Me diga — perguntou —, por que você anda de um jeito tão esquisito?

— Eu estava fritando frango na panela e o óleo explodiu, queimou minhas pernas.

— Pensei que talvez você tivesse marcas de guerra.

— Não, foi o frango mesmo.

Descemos juntos no elevador.

# 65

O nome completo do superintendente era Herman Barnes. Na noite seguinte, Herman me encontrou batendo o ponto.

— Venha comigo — falou.

Me levou para uma sala muito mal iluminada e me apresentou a Jacob Christensen, que viria a ser o meu supervisor imediato. Barnes se retirou.

A maioria das pessoas que trabalhava à noite no prédio do *Times* era velha, curvada e derrotada. Todo mundo andava como se tivesse algo errado com os pés. Incumbiam a gente de usar macacões de trabalho.

— Muito bem — disse Jacob —, pegue seu equipamento.

Meu equipamento era um carrinho de metal, dividido em duas caixas. Em uma metade havia dois esfregões, alguns panos e uma caixa grande de sabão. A outra metade continha uma variedade de garrafas coloridas, latas e caixas de suprimentos e mais panos. Era evidente que agora eu era um zelador. Bom, eu já tinha sido zelador noturno em São Francisco. Trazia escondido uma garrafa de vinho, trabalhava como um condenado, e depois, quando todo mundo tinha ido embora, sentava olhando pela janela, bebendo vinho e esperando o amanhecer.

Um dos zeladores mais velhos chegou bem perto de mim e gritou em meu ouvido:

— *Essa gente é um bando de idiotas, idiotas! Não têm inteligência! Não sabem pensar! Têm medo da mente! São doentes! São covardes! Não são homens pensantes como você e eu!*

Dava para ouvir os gritos dele por toda a sala. Ele parecia ter uns sessenta e poucos anos. Os outros eram mais velhos, a maioria parecia ter setenta anos ou mais; cerca de um terço eram mulheres. Todo mundo parecia estar acostumado com as loucuras do velho. Ninguém parecia ofendido.

— *Me dão nojo!* — gritou. — *Covardes! Olhe para eles! Montes de merda!*

— Tá bom, Hugh — disse Jacob —, pegue suas coisas e vá trabalhar lá em cima.

— *Eu vou quebrar sua cara, seu desgraçado!* — gritou para o supervisor. — *Vou quebrar sua cara agora mesmo!*

— Vá trabalhar, Hugh.

Hugh empurrou com fúria o carrinho para fora dali, quase atropelando uma das velhas.

— Ele é assim — disse Jacob para mim —, mas é o melhor zelador que temos.

— Tá tudo bem — falei —, eu gosto de um lugar movimentado.

Enquanto eu empurrava o carrinho, Jacob me explicava as tarefas. Eu era responsável por dois andares. A parte mais importante era o banheiro. O banheiro era sempre a primeira tarefa. Limpar as pias, os vasos sanitários, esvaziar os cestos de lixo, limpar os espelhos, substituir as toalhas de mão, encher as saboneteiras, usar muito, mas muito desinfetante e ter certeza de que há muitas folhas de papel higiênico e protetores de assento. E não se esqueça dos absorventes no toalete feminino!

Depois disso, pegue os cestos de lixo dos escritórios e limpe as escrivaninhas. Por último, você pega essa máquina aqui e encera os corredores, e depois de terminar isso...

— Sim, senhor — assenti.

Como de costume, os banheiros das mulheres eram os piores. Ao que tudo indica, muitas delas apenas largavam os absorventes no chão das cabines, e a visão daquilo, embora familiar, era perturbadora, em especial de ressaca. Os banheiros dos homens eram um pouco mais limpos, afinal, homens não usam absorventes. Pelo menos eu ficava sozinho enquanto trabalhava. Eu não era muito bom em passar o esfregão; muitas vezes um tufo de cabelo ou um cigarro amassado ficava visível em algum canto. E eu deixava lá. No entanto, eu era cuidadoso com os papéis higiênicos e os protetores de assento: eu era solidário. Nada pior do que terminar uma boa cagada e a mão alcançar o rolo vazio de papel. Até o pior dos seres humanos merece limpar a própria bunda. Já aconteceu de eu me inclinar para pegar papel e descobrir que acabou, até mesmo o de assento. Aí levantar e dar uma olhada para baixo e ver que o protetor que você estava usando acabou de cair na água. Depois disso restam poucas alternativas. A que eu acho mais satisfatória é limpar a bunda com a cueca, descartá-la no vaso, dar a descarga e entupir o banheiro.

Limpei os banheiros, esvaziei as lixeiras e tirei a poeira de algumas escrivaninhas. Depois voltei ao banheiro das mulheres. Lá havia sofás e cadeiras, além de um despertador. Ainda restavam quatro horas pela frente. Ajustei o alarme para tocar trinta minutos antes do fim do expediente, deitei em um dos sofás e dormi.

Acordei com o alarme. Me estiquei, joguei água fria no rosto e desci para o depósito com meu equipamento. O velho Hugh veio até mim.

— Bem-vindo ao país dos idiotas — disse, mais calmo desta vez.

Não respondi. Estava escuro lá dentro e tínhamos apenas dez minutos até a hora de bater o cartão. Tiramos o uniforme e, na maioria dos casos, nossos trajes casuais eram tão tristes e desolados quanto os de trabalho. Falávamos muito pouco ou sussurrávamos. Eu não me importava com o silêncio. Era relaxante.

Hugh veio bem perto da minha orelha:

— *Olhe para esses palermas!* — gritou. — *Dê uma boa olhada nesses malditos palermas!*

Me afastei dele e fiquei do outro lado da sala.

— *Você é um deles?* — gritou de lá para mim. — *Você também é um otário?*

— Sim, nobre senhor.

— *Está a fim de levar uma sova?* — gritou de volta.

— Só vejo um espaço vazio entre a gente — falei.

Hugh, guerreiro das antigas que era, decidiu diminuir aquele espaço e veio na minha direção, pulando com ferocidade por cima de uma fileira de baldes. Me movi para o lado e ele passou voando. Ele se virou, voltou e me agarrou pelo pescoço com as duas mãos. Ele tinha dedos longos e fortes para um homem tão velho; eu podia sentir cada um deles, até mesmo os polegares. Hugh cheirava como uma pia cheia de pratos sujos. Tentei me soltar, mas o aperto dele só ficava mais forte. Tiros de luz vermelha, azul e amarela piscavam dentro da minha cabeça. Eu não tinha escolha. Levantei um joelho da forma mais suave possível. Errei na primeira tentativa, mas acertei na segunda. Seus dedos e polegares se soltaram. Hugh caiu no chão, segurando o saco. Jacob apareceu.

— O que aconteceu aqui?

— Ele me chamou de otário, senhor, e aí me atacou — respondi.

— Ouça, Chinaski, este homem é o meu melhor zelador. Ele é o melhor zelador que eu tive em quinze anos. Vá com calma com ele, tá bom? — disse Jacob.

Fui até o registro e bati o ponto. Hugh, o velho briguento, olhou para mim do chão enquanto eu saía e disse:

— Vou te matar, senhor.

*Bom*, pensei, *pelo menos agora ele está sendo educado*. Mas isso de fato não me deixou feliz.

# 66

Na noite seguinte, trabalhei umas quatro horas e depois fui para o banheiro das mulheres, ajustei o alarme e me estiquei. Devo ter dormido por cerca de uma hora quando a porta se abriu. Era Herman Barnes e Jacob Christensen. Olharam para mim; eu levantei a cabeça e olhei de volta, depois encostei no travesseiro outra vez. Ouvi eles andando no banheiro. Quando saíram, não olhei de volta. Fechei os olhos e fingi que estava dormindo.

No dia seguinte, quando acordei lá pelo meio-dia, contei para Jan o que tinha acontecido:

— Eles me pegaram dormindo e não me demitiram. Acho que eles ficaram com medo por causa do Hugh. Vale a pena ser um filho da mãe durão. O mundo é dos fortes.

— Eles não vão te deixar impune.

— Bobagem. Eu sempre disse que conseguia. Tenho as artimanhas. Você tem uma porcaria de ouvido para quê? Nunca me escuta.

— É porque você fica sempre repetindo a mesma coisa.

— Tá bom, vamos beber e conversar sobre isso. Você tem andado de rabo empinado desde que voltamos a ficar juntos.

Merda, eu não preciso de você e você não precisa de mim. Vamos encarar o óbvio.

Antes que a discussão pudesse começar, ouvi uma batida na porta.

— Já vai — avisei e coloquei uma calça.

Abri a porta e lá estava um garoto de entregas da Western Union. Dei a ele uma moeda de dez centavos e abri o telegrama:

HENRY CHINASKI,

O SEU EMPREGO NA TIMES CO. FOI RESCINDIDO.

HERMAN BARNES.

— O que foi? — perguntou Jan.

— Fui demitido.

— E quanto ao pagamento?

— Nenhuma menção.

— Eles te devem um pagamento.

— Eu sei. Vamos lá buscar.

— Ok.

O carro morreu. Primeiro, ficou sem a marcha a ré, um desafio que eu venci planejando de maneira contínua as manobras enquanto dirigia. Depois, a bateria descarregou, o que significava que a única maneira de ligá-lo era descendo uma ladeira. Consegui fazer isso por algumas semanas, mas uma noite, Jan e eu bebemos demais, eu esqueci e estacionei o carro perto de um bar, em uma rua plana. Claro que ele não engatava, então eu liguei para uma oficina vinte e quatro horas e eles vieram e rebocaram. Quando fui buscá-lo, alguns dias depois, tinham desperdiçado cinquenta e cinco dólares em reparos e mesmo assim não ligava. Fui a pé para casa e enviei os documentos do carro para a mecânica pelo correio.

Por conta disso, tivemos que ir caminhando até o prédio do *Times*. Jan sabia que eu gostava de vê-la de salto alto, então ela calçou os saltos e fomos até lá. Era uma boa caminhada de vinte quarteirões. Jan se sentou e descansou em um banco do lado de fora enquanto eu fui até o setor de pagamentos.

— Eu me chamo Henry Chinaski. Fui demitido e estou aqui para receber o meu pagamento.

— Henry Chinaski — disse a garota —, espere um momento.

Ela olhou em um calhamaço de papéis.

— Sinto muito, sr. Chinaski, mas ainda não temos o seu cheque.

— Tudo bem, eu espero.

— Ele só vai ficar pronto amanhã, senhor.

— Mas eu fui demitido.

— Sinto muito. Amanhã, senhor.

Fui embora. Jan se levantou do banco. Parecia faminta.

— Vamos para o Grand Central Market comprar carne e legumes para o cozido, e depois vamos pegar duas garrafas de um bom vinho francês.

— Jan, eles disseram que o cheque não estava pronto.

— Mas eles têm que te dar. É a lei.

— Acho que sim. Não sei. Mas disseram que ficará pronto amanhã.

— Ah, meu Deus, e eu caminhei tudo isso de salto alto.

— Você está ótima, baby.

— É.

Começamos a caminhar de volta. Na metade do caminho, Jan tirou os sapatos e andou de meias. Alguns carros buzinaram no caminho. Eu dei o dedo do meio para cada um deles. Quando chegamos em casa, tínhamos dinheiro suficiente para tacos e cerveja. Compramos, comemos e bebemos, discutimos um pouco, fizemos amor e dormimos.

# 67

No dia seguinte, por volta do meio-dia, fizemos o mesmo caminho, com Jan de salto alto.

— Quero que você faça aquele cozido para nós hoje — disse ela. — Nenhum homem faz cozido como você. É o seu maior talento.

— Valeu, obrigado — falei.

Ainda era uma caminhada de vinte quarteirões. Jan se sentou no mesmo banco e tirou os sapatos enquanto eu fui até o setor de pagamentos. Era a mesma funcionária.

— Sou Henry Chinaski — falei.

— Sim?

— Estive aqui ontem.

— Sim?

— Você disse que meu cheque estaria pronto hoje.

— Ah...

A garota olhou de novo nos papéis.

— Desculpe, sr. Chinaski, mas seu cheque ainda não chegou.

— Mas você disse que estaria pronto.

— Desculpe, senhor, às vezes os cheques de pagamento demoram um pouco para serem processados.

— Eu quero o meu cheque.

— Sinto muito, senhor.

— Você não está sentindo muito. Você não sabe o que é tristeza. Eu sei. Quero ver o chefe do seu chefe. Agora.

Ela pegou o telefone.

— Sr. Handler? Um tal de sr. Chinaski gostaria de falar com você sobre um cheque de pagamento de rescisão.

Houve mais um pouco de conversa fiada. Enfim, a garota olhou para mim.

— Sala 309.

Fui até a sala 309. A placa dizia "John Handler". Abri a porta. Handler estava sozinho. Um executivo e diretor do maior e mais poderoso jornal da costa oeste. Eu me sentei na cadeira em frente a ele.

— Então, John — comecei —, me deram um pé na bunda, fui pego dormindo no banheiro das mulheres. Eu e minha coroa tivemos que andar até aqui dois dias seguidos só para ouvir que vocês não têm o cheque. Veja bem, você sabe que isso é a maior balela. Tudo o que eu quero é pegar esse cheque e ficar bêbado. Pode não parecer nobre, mas é minha escolha. Se eu não pegar esse cheque, não tenho certeza do que farei.

Lancei um olhar estilo *Casablanca**.

— Tem um cigarro?

John Handler me deu um cigarro. Ele até o acendeu. *Ou eles vão jogar uma rede em cima de mim ou eu vou receber o meu cheque*, pensei.

Handler pegou o telefone.

---

* *Casablanca* (1942) é considerado um clássico da história do cinema. Várias cenas são icônicas, sobretudo os closes no olhar misterioso do ator Humphrey Bogart, protagonista do filme junto a Ingrid Bergman. [*N.T.*]

— Srta. Simms. Há um cheque nominal ao sr. Henry Chinaski. Eu quero ele na minha mesa dentro de cinco minutos. Obrigado. — Ele desligou.

— Escuta, John — continuei —, eu tenho dois anos de jornalismo pela L.A. City College. Você não estaria precisando de um repórter, por acaso?

— Desculpe, estamos com excesso de pessoal no momento.

Ficamos ali de conversa, e depois de alguns minutos uma garota entrou e entregou o cheque para John. Ele estendeu a mão e me entregou o cheque. Um cara decente. Eu soube em seguida que ele morreu logo depois disso, mas de qualquer forma, Jan e eu conseguimos nosso cozido de carne, nossos legumes e nosso vinho francês, e seguimos a vida.

# 68

Peguei o cartão que me deram no Departamento Estadual de Emprego e fui para uma entrevista. Ficava a algumas quadras a leste da Main Street e um pouco ao norte do bairro de Skid Row*. Era uma empresa que vendia peças de freio para automóveis. Mostrei o cartão no escritório e preenchi um formulário de candidatura. Ampliei o período de permanência nos empregos que tive antes, transformando dias em meses e meses em anos. A maioria das empresas nunca se preocupava em verificar as referências. Com aquelas que exigiam que os funcionários tivessem algum vínculo empregatício, eu não tinha muita chance. Logo apareceriam os meus antecedentes criminais. A loja de peças de freio não mencionou nada sobre vínculo. Outro problema era que, depois de você estar no emprego por duas ou três semanas, a maioria dos empregadores tentava fazer você se juntar ao plano

* Skid Row é um distrito de Los Angeles que foi comparado por um relator da ONU a um acampamento de refugiados em 2017. Durante boa parte do século XX, a região foi se tornando um lugar onde pessoas sem condições básicas de moradia e subsistência iam para tentar sobreviver. "Skid row" designa em geral, no inglês estadunidense, áreas de moradia precária e drogadição. [*N.T.*]

de seguros deles, mas, como de costume, eu deixava o emprego antes disso acontecer.

O homem olhou para o meu formulário e depois, brincando, se voltou para as duas mulheres que estavam na sala:

— Este cara quer um emprego. Será que ele aguenta a gente?

Alguns empregos eram incrivelmente fáceis de conseguir. Me lembro de um lugar em que entrei, me afundei em uma cadeira e bocejei. O cara atrás da mesa me perguntou:

— O que você quer?

— Ah, droga — respondi —, acho que preciso de um emprego.

— Está contratado.

Outros empregos, no entanto, estavam fora do meu alcance. A Companhia de Gás do Sul da Califórnia tinha anúncios na seção "Precisa-se" que prometiam altos salários, aposentadoria antecipada etc.. Não sei quantas vezes fui lá e preenchi os formulários amarelos de candidatura, quantas vezes me sentei naquelas cadeiras duras olhando para fotos emolduradas de tubos e tanques de armazenamento de gás. Nunca cheguei nem perto de ser contratado e sempre que via um homem do gás, olhava para ele com muita atenção, tentando descobrir o que ele tinha que fosse óbvio que eu não tivesse.

O cara das peças de freio me levou por uma escadaria estreita. Seu nome era George Henley. George mostrou minha sala de trabalho, muito pequena, escura, com apenas uma lâmpada e uma janela minúscula que dava para um beco.

— Pois bem — disse ele —, está vendo essas caixas? Você coloca as sapatas de freio dentro delas. Assim.

O sr. Henley me mostrou.

— Nós temos três tipos de caixas, cada uma impressa de forma diferente. Uma caixa é para a nossa "Sapata de Freio Superdurável". A outra é para a nossa "Sapata de Freio Super". E a terceira é para a nossa "Sapata de Freio Padrão". As sapatas são empilhadas aqui mesmo.

— Mas todas parecem iguais para mim. Como posso diferenciá-las?

— Não tem como. Elas são todas iguais. Apenas divida elas em terços. E quando terminar de empacotar todas, desça, e nós encontraremos outra coisa para você fazer. Certo?

— Certo. Quando eu começo?

— Você começa agora. E, absolutamente, nada de fumar. Não aqui em cima. Se você precisar fumar, desça, certo?

— Certo.

O sr. Henley fechou a porta. Eu ouvi ele descer as escadas. Abri a janelinha e olhei para o mundo lá fora. Me sentei, relaxei e fumei um cigarro.

# 69

Perdi aquele emprego bem rápido, assim como perdi muitos outros. Mas não me importava — com uma exceção. Foi o trabalho mais fácil que já tive e eu odeio saber que o perdi. Foi durante a Segunda Guerra Mundial. Eu trabalhava para a Cruz Vermelha em São Francisco, dirigindo um caminhão cheio de enfermeiras, garrafas e refrigeradores entre várias cidadezinhas. Coletávamos sangue para o esforço de guerra. Descarregava o caminhão para as enfermeiras quando chegávamos e depois tinha o resto do dia para caminhar, dormir no parque, qualquer coisa. No fim do dia, as enfermeiras colocavam as garrafas cheias nos freezers e eu espremia coágulos de sangue das mangueiras de borracha no banheiro mais próximo. Eu costumava estar sóbrio, mas fingia que os coágulos de sangue eram peixinhos ou bichinhos bonitinhos para manter meu almoço no estômago.

O trabalho na Cruz Vermelha era bom. Eu até tinha um encontro marcado com uma das enfermeiras. Mas um dia, eu peguei a ponte errada ao sair da cidade e me perdi em uma região decadente com um caminhão cheio de enfermeiras, seringas e garrafas vazias. Aquela gente da região estava louca para nos saquear, e algumas enfermeiras ficaram nervosas. Tivemos que voltar pela ponte e encontrar outro caminho. Tinha confundido as cidades, e quando por fim chegamos à igreja onde os doadores de sangue estavam esperando, já estávamos mais de duas horas e quinze minutos atrasados. O gramado da frente da igreja estava cheio de doadores, médicos e funcionários. Enquanto isso, do outro lado do Atlântico, Hitler ganhava terreno a cada passo. Infelizmente, perdi o emprego naquele momento.

# 70

A Yellow Cab Company*, em Los Angeles, fica localizada no lado sul da Third Street. Filas e mais filas de táxis amarelos ficam ao sol nos pátios. É perto da Sociedade Americana do Câncer. Eu já tinha visitado o lugar porque achava que era de graça. Eu tinha caroços por todo o corpo, tonturas, estava cuspindo sangue e fui lá só para marcarem uma consulta dali a três semanas. Como todo garoto americano, eu sempre ouvia: "pegue o câncer no início". Então você vai lá para pegá-lo no início e eles te fazem esperar três semanas para uma consulta. Essa é a diferença entre o que a gente ouve e a realidade.

Depois de três semanas, voltei lá e me disseram que poderiam me dar alguns exames gratuitos, mas que eu poderia ter um bom resultado nestes exames e não ter certeza sobre o câncer. No entanto, se eu pagasse vinte e cinco dólares em um exame, poderia ter *uma ideia* melhor de que não tinha câncer. Para ter *certeza absoluta*, depois de fazer o exame de vinte e cinco dólares, eu teria que fazer

* A Yellow Cab Company foi uma das principais operadoras de táxi dos Estados Unidos, fundada em Chicago, no estado do Illinois, e esteve em funcionamento entre 1907 e 2015. [*N.T.*]

outro de setenta e cinco dólares e, se os resultados fossem bons também, poderia ficar tranquilo. Isso poderia significar que o meu problema era só alcoolismo, nervosismo ou alguma doença venérea. Esses felinos de jaleco branco da Sociedade Americana de Câncer falam bonito e com clareza e, em outras palavras, acabei de falar em cem dólares. Aham, eles dizem, e eu saí dali, passei três dias enchendo a cara, e todos os caroços sumiram, assim como as tonturas e o catarro com sangue.

Quando fui para a Yellow Cab Company, passei pelo Prédio do Câncer e lembrei que havia coisas piores do que procurar um emprego que você não queria. Cheguei na empresa de táxis e parecia bastante fácil, os mesmos formulários de sempre, perguntas etc.. A única coisa nova eram as impressões digitais, mas eu sabia como era, e relaxei a mão e os dedos e os pressionei na tinta, a garota me elogiou pela habilidade. O sr. Yellow disse para eu voltar no dia seguinte para a aula de treinamento e, naquela noite, Jan e eu comemoramos.

# 71

Janeway Smithson era um sujeitinho maluco, de cabelos grisalhos, um tipo baixinho e brigão. Ele levou cinco ou seis de nós em um táxi e fomos até o leito do rio L.A.. Naquela época, o rio L.A. era uma farsa — nem água tinha, só uma pista de cimento ampla e seca. Pedintes viviam lá embaixo, aos montes, em pequenos nichos de cimento sob as pontes e viadutos. Algumas pessoas até tinham plantinhas em frente aos lares. Tudo o que precisavam para viver como reis era combustível enlatado (Sterno) e o que eles escolhiam do lixão próximo. Era gente bronzeada e despreocupada, e a maioria parecia mais saudável do que o homem de negócios mediano de Los Angeles. Essa galera lá embaixo não tinha problemas com mulheres, imposto de renda, senhorios, despesas de enterro, dentistas, parcelas a pagar, reparos de carros ou entrar em uma cabine de votação e fechar a cortina.

Janeway Smithson estava no ramo havia vinte e cinco anos e era estúpido o suficiente para se orgulhar disso. Ele carregava uma arma no bolso direito e se gabava de, durante o teste de freio, ter parado um táxi amarelo em menos tempo e distância, comparado a qualquer outro homem na história da Yellow Cab

Company. Olhando para Janeway Smithson, me ocorreu que isso era ou mentira ou sorte de meia-tigela, e que ele, como qualquer outro que trabalhasse havia vinte e cinco anos, era maluco por completo.

— Beleza — começou ele —, Bowers, você primeiro. Acelere essa porra até uns setenta quilômetros por hora e mantenha a velocidade. Tenho essa arma na mão direita e um cronômetro na esquerda. Quando eu atirar, você pisa no freio. Se você não tiver reflexos rápidos o suficiente pra parar, vai vender bananas verdes de meio-dia na esquina da Seventh com a Broadway... Não, seu imbecil! Não olhe pro meu dedo no gatilho! Olhe pra frente! Eu vou cantar uma musiquinha pra você. Vou ninar você pra dormir. Você nunca vai adivinhar quando essa desgraça vai disparar!

Disparou imediatamente. Bowers pisou no freio. Nós sacudimos, derrapamos e rodopiamos. Nuvens de poeira subiram de debaixo das rodas enquanto passávamos entre enormes pilares de concreto. Enfim o táxi parou com uma derrapada e balançou para a frente e para trás. Alguém no banco de trás ficou com o nariz sangrando.

— Consegui? — perguntou Bowers.

— Eu não vou te dizer — disse Smithson, anotando algo no livrinho preto. — Ok, De Esprito, é a sua vez.

De Esprito assumiu o volante, e passamos por aquilo de novo. Os motoristas foram mudando enquanto subíamos e descíamos pelo leito do rio L.A., queimando freios e pneus e disparando a arma. Eu fui o último a tentar.

— Chinaski — disse Smithson.

Peguei no volante e acelerei o táxi até oitenta por hora.

— Você bateu o recorde, não é, velhinho? Eu vou fazer você sumir do mapa!

— Quê?

— Tire essa cera do ouvido! Vou te pegar, velhinho! Eu já apertei a mão do Max Baer! Já fui jardineiro do Tex Ritter!* Você tá lascado!

— Você tá *sentando o pé* na desgraça do freio! Solta a merda do freio!

— Canta para mim, velhinho! Canta a tua musiquinha! Aqui tem quarenta cartas de amor da Mae West** na bolsa!

— *Não tem como me vencer!*

Não esperei pelo sinal. Pisei no freio. Adivinhei certo. O disparo e a freada ocorreram ao mesmo tempo. Bati o recorde mundial do Smithson por quase cinco metros e nove décimos de segundo. Foi o que ele disse na hora. Depois mudou de ideia e disse que eu tinha trapaceado. Falei:

— Beleza, me acuse do que quiser, mas vamos sair desse lugar. Não vai chover, então não vamos conseguir pegar peixe algum mesmo.

---

* Max Baer (1909-1959) foi um pugilista estadunidense, campeão na categoria de pesos-pesados. Já Tex Ritter (1905-1974) foi um ator de Hollywood e músico da cena country, conhecido pelos papéis em filmes de faroeste, interpretando personagens como xerife, bandido e mocinho. [*N.T.*]

** Mae West (1893-1980) foi uma das principais atrizes de Hollywood, em especial na época da Grande Depressão, em que atuava em filmes fora das regras sociais e dos estúdios da época. Ficou conhecida também por ser símbolo de sensualidade e independência. [*N.T.*]

# 72

Éramos quarenta ou cinquenta no treinamento. Todos sentados em mesinhas, várias fileiras parafusadas no chão. Cada mesa tinha uma área plana que parecia um apoio de braço do lado direito. Era igualzinho aos velhos tempos de escola.

Smithson fazia a chamada.

— Peters!

— Tô.

— Calloway.

— Aham.

— McBride...

(Silêncio.)

— McBride?

— Ah, tô.

A chamada continuou. Achei legal que tinham várias vagas de emprego, mas isso também me deixava preocupado — era provável que íamos ter que competir uns com os outros de alguma forma. Sobrevivência do mais forte. Sempre tem homens*

---

* Henry Chinaski reitera que existe, naquele momento, uma massa *masculina* de pessoas desempregadas e em situação de alcoolismo e vício em drogas. Não que não houvesse mulheres nessa situação — inclusive algumas são citadas ao longo do livro —, mas essa é uma escolha reforçada pela retórica do personagem, usando sempre o masculino em uma língua em que, em boa parte das vezes, os substantivos são sem gênero. [*N.T.*]

procurando emprego nos Estados Unidos. Sempre tem esses corpos disponíveis. E eu queria ser escritor. Quase todos eram. Nem todos acham que podem ser um dentista ou um mecânico, mas todos sabem que podem ser um escritor. Daqueles cinquenta caras na sala, era provável que quinze achassem que eram escritores. Quase todos usam palavras e sabem escrevê-las, ou seja, quase todo mundo pode ser escritor. Mas, a maioria dos homens, felizmente, não é escritor, nem motorista de táxi, e alguns homens — muitos — infelizmente não são nada.

A chamada terminou. Smithson olhou ao redor.

— Estamos reunidos aqui — começou, mas logo parou. Olhou para um homem negro na primeira fileira. — Spencer?

— Sim.

— Você tirou o arame do seu quepe, não é?

— Sim.

— Veja bem, você estará sentado no seu táxi com o quepe cobrindo as orelhas, parecendo Doug McArthur*, e alguma velha com uma sacola de compras aparecerá, querendo pegar um táxi, e você estará sentado assim, com o braço pendurado na janela, ela vai pensar que você é um caubói e não vai querer andar com você. Vai pegar um ônibus. No Exército essas coisas podem passar, mas aqui é a Yellow Cab.

Spencer se abaixou, pegou o arame do chão e colocou de volta no quepe. Ele precisava do emprego.

— Continuando, a maioria dos caras acha que sabe dirigir. Mas a verdade é que poucas pessoas sabem dirigir de verdade, elas só ficam no volante. Toda vez que eu dirijo pela rua eu fico impressionado com o fato de não ter um acidente a cada poucos

* Douglas MacArthur (1880-1964) foi um importante oficial militar estadunidense na Segunda Guerra Mundial que usava um quepe grande demais. [*N.T.*]

segundos. Todos os dias eu vejo duas ou três pessoas simplesmente passando sinais vermelhos como se eles não existissem. Não sou pregador, mas posso dizer isso: a forma como as pessoas estão levando as vidas está as deixando loucas, e a insanidade delas se reflete na forma como dirigem. Não estou aqui para dizer como vocês devem viver. Para isso, procurem o seu rabino ou padre ou a prostituta mais próxima. Estou aqui para ensinar vocês a dirigir. Estou tentando manter a redução das taxas de seguro e garantir que vocês possam voltar vivos para casa à noite.

— Caramba — comentou o cara do meu lado —, o velho Smithson é uma figura, né?

— Todo homem é um poeta — falei.

— Agora — disse Smithson —, mas que maldição, McBride, acorda e me escuta... me digam, quando é a única hora em que um homem pode perder o controle do seu táxi sem conseguir se segurar?

— Quando eu fico excitado? — disse um branquelo.

— Mendoza, se você não consegue dirigir com uma ereção, não podemos ficar com você. Alguns dos nossos melhores homens dirigem com ereções o dia todo e à noite também.

Os garotos riram.

— Vamos lá, quando é a única hora em que um homem pode perder o controle do seu táxi e não conseguir se segurar?

Ninguém respondeu. Levantei a mão.

— Sim, Chinaski?

— Um homem pode perder o controle do seu táxi quando espirra.

— Correto.

Me senti como um aluno brilhante de novo. Era como nos velhos tempos da L.A. City College — notas ruins, mas bom com as palavras.

— Certo, quando você espirra, o que você faz?

Enquanto eu levantava minha mão de novo, a porta abriu e um homem entrou na sala. Caminhou pelo corredor e ficou em pé na minha frente.

— Você é Henry Chinaski?

— Sim.

Ele arrancou meu quepe de motorista da cabeça, quase com raiva. Todo mundo olhou para mim. O rosto de Smithson estava sem expressão e imparcial.

— Siga-me — disse o homem.

Eu o segui para fora da sala de estudo e entrei no escritório dele.

— Sente-se.

Eu me sentei.

— Verificamos seu histórico, Chinaski.

— Sim?

— Você tem dezoito casos de embriaguez comum e uma condenação por dirigir bêbado.

— Pensei que, se colocasse isso no formulário, não seria contratado.

— Você mentiu para nós.

— Eu parei de beber.

— Não importa. Uma vez que você falsificou sua inscrição, está desqualificado.

Me levantei e saí. Caminhei pela calçada passando pelo Prédio do Câncer. Voltei para nosso apartamento. Jan estava na cama. Ela usava uma camisola rosa rasgada. Uma das alças estava presa com um alfinete. Ela já estava bêbada.

— Como foi lá, paizinho?

— Eles não me querem.

— Por quê?

— Eles não querem homossexuais.

— Ah, bom. Tem vinho na geladeira. Pegue um copo e venha para a cama.

E foi o que fiz.

# 73

Uns dias depois eu vi um anúncio no jornal procurando um empacotador para trabalhar em uma loja de materiais de arte. A loja ficava muito perto de onde a gente morava, mas eu acabei dormindo demais e só cheguei lá às três da tarde. O gerente estava conversando com um candidato quando eu cheguei. Eu não sabia quantas pessoas ele já tinha entrevistado. Uma garota me deu um formulário para preencher. O outro cara parecia estar causando uma boa impressão no gerente. Estavam rindo juntos. Eu preenchi o formulário e esperei. Por fim, o gerente me chamou.

— Olha, quero te contar uma coisa. Eu já aceitei outro emprego esta manhã — disse a ele. — Mas aí eu vi o seu anúncio. Eu moro bem perto daqui. Pensei que seria legal trabalhar tão perto de casa. Além disso, eu sou um pintor amador. Achei que poderia conseguir um desconto em alguns dos materiais de arte que preciso.

— Nós damos quinze por cento de desconto para os funcionários. Qual é o nome desse outro lugar que te contratou?

— Jones-Hammer Arc Light Company. Eu vou supervisionar o departamento de envio deles. Eles ficam na parte baixa da

Alameda Street, logo abaixo do açougue. Devo me apresentar às oito da manhã.

— Bom, nós ainda queremos entrevistar mais pessoas.

— Tudo bem. Eu não esperava conseguir este emprego. Só passei aqui porque era perto. Vocês têm meu número de telefone no formulário. Mas uma vez que eu comece a trabalhar na Jones--Hammer, não seria justo deixá-los.

— Você é casado?

— Sou. Tenho um filho pequeno chamado Tommy, de três anos.

— Certo. Daremos um retorno.

O telefone tocou às seis e meia naquela noite.

— Sr. Chinaski?

— Sim?

— Você ainda quer o emprego?

— Onde?

— Na loja Graphic Cherub Suplementos de Arte.

— Quero, sim.

— Então apresente-se às oito e meia.

# 74

O negócio não parecia estar indo muito bem. Os pedidos para entrega eram poucos e pequenos. O gerente, Bud, veio até onde eu estava apoiado na mesa de envio, fumando um charuto.

— Quando as coisas estiverem calmas, você pode ir até a lanchonete na esquina e tomar um café. Apenas certifique-se de estar de volta aqui quando os caminhões vierem para pegar as encomendas.

— Certo.

— E mantenha a sua prateleira de rodos raspadores cheia. Mantenha uma boa quantidade de raspadores.

— Entendi.

— Também fique de olho para que ninguém entre pela porta dos fundos e roube nosso estoque. Temos um monte de mendigos cachaceiros* perambulando por esses becos.

— Ok.

---

* O protagonista usa muitas designações, na maioria, pejorativas, para pessoas em situação de rua, alcoólatras, desempregadas e vagantes por Los Angeles: desde "winos", citada aqui, até a expressão que marca os homens da Geração Beat, "bums". Ele opta por expressões de rua e alterna o uso sempre que possível. [*N.T.*]

— Você tem bastantes etiquetas de "FRÁGIL" aí?

— Sim.

— Não tenha medo de usá-las. Se acabar, me avise. Embale bem as coisas, em especial os vidros de tinta.

— Vou cuidar de tudo.

— Ok. E quando as coisas estiverem mais devagar, você desce o beco e toma um café na Lanchonete do Montie. Lá tem uma garçonete com uns peitões, você deveria dar uma conferida. Ela usa decotes e se curva o tempo todo. E a torta é fresquinha.

— Ok.

# 75

Mary Lou era uma das garotas da recepção. Ela era estilosa. Dirigia um Cadillac de três anos de uso e morava com a mãe. Ela recebia membros da Filarmônica de Los Angeles, diretores de cinema, cinegrafistas, advogados, agentes imobiliários, quiropráticos, homens santos, ex-aviadores, bailarinos e outras figuras do entretenimento, como lutadores e jogadores de futebol americano. Mas ela nunca se casou e nunca saiu da recepção da Graphic Cherub Suplementos de Arte, exceto de vez em quando para uma rapidinha com Bud no banheiro das mulheres, aos risinhos, com a porta trancada, depois que ela pensava que o resto de nós tinha ido embora. Também era religiosa e adorava apostar em cavalos, antes de mais nada em um lugar reservado e de preferência no hipódromo de Santa Anita. Tinha desprezo pelo Hollywood Park. Era desesperada e exigente ao mesmo tempo e, de um jeito próprio, era bonita, mas não tinha o suficiente para se tornar o que imaginava ser.

Um dos trabalhos dela era trazer para mim uma cópia dos pedidos que ela datilografava. Os funcionários pegavam outra cópia dos mesmos pedidos da cesta para preencher quando não estavam atendendo clientes, e eu fazia a conferência antes de empacotar as coisas. Na primeira vez em que ela veio com alguns pedidos, estava usando uma saia preta justa, sapatos de salto alto, uma blusa branca e um lenço preto e dourado em volta do pescoço. Tinha um narizinho bonito, um traseiro maravilhoso e belos seios. Era alta e tinha classe.

— Bud me contou que você pinta — disse ela.

— Um pouco.

— Ah, eu acho isso o máximo! Temos pessoas tão interessantes trabalhando aqui.

— O que você quer dizer com isso?

— Bom, temos um zelador, um velhinho chamado Maurice, ele é francês. Vem uma vez por semana e limpa a loja. Ele também é pintor e compra todas as tintas, os pincéis e as telas dele conosco. Mas ele é estranho. Nunca fala, só acena com a cabeça e aponta. Só sabe apontar para as coisas que quer comprar.

— Aham.

— Ele é estranho.

— Aham.

— Semana passada eu entrei no banheiro das mulheres e ele estava lá, limpando no escuro. Ficou lá por uma hora.

— Hum.

— Você também não fala muito, né?

— Ah, sim. Sou tranquilo.

Mary Lou se virou e foi embora. Observei as nádegas dela se mexendo naquele corpão. Mágico. Algumas mulheres eram mágicas.

Eu tinha acabado de empacotar algumas encomendas quando um coroa apareceu no corredor. Tinha um bigode grisalho e sujo que pendia ao redor da boca. Era pequeno e curvado. Estava vestido de preto, tinha um cachecol vermelho amarrado em volta do pescoço e uma boina azul na cabeça. Debaixo da boina saía um longo cabelo grisalho, despenteado.

Os olhos de Maurice eram a coisa mais marcante nele; eram de um verde vivo e pareciam olhar de bem lá de dentro da cabeça dele. Tinha sobrancelhas grossas. Estava fumando um charuto fino e comprido.

— E aí, guri — disse ele.

Maurice não tinha muito sotaque francês. Ele se sentou na ponta da mesa de embalagem e cruzou as pernas.

— Achei que você não falava?

— Ah, isso. Bobagem. Eles não valem o que comem. Para que me importar?

— Por que você limpa a latrina no escuro?

— Essa Mary Lou. Eu olho para ela. Depois eu entro lá e gozo no chão. Limpo tudo. Ela sabe disso.

— Você pinta?

— Sim, estou trabalhando em uma tela no meu quarto agora. Tão grande quanto essa parede. Mas não é um mural. É uma tela. Estou pintando a vida de um homem — desde o nascimento atravessando a vagina, passando por todos os anos da existência dele, até, por fim, a sepultura. Eu observo as pessoas no parque e as uso. Essa Mary Lou, ela seria boa de cama, não seria?

— Talvez. Ou pode ser só uma ilusão.

— Eu morava na França. Conheci o Picasso.

— Sério mesmo?

— Porra, conheci, sim. Ele é ok.

— Como você o conheceu?

— Bati na porta dele.

— Ele ficou irritado?

— Não. Não, ele não ficou irritado.

— Algumas pessoas não gostam dele.

— Algumas pessoas não gostam de ninguém que é famoso.

— E algumas pessoas não gostam de ninguém que não é famoso.

— As pessoas não importam. Elas não valem o que comem.

— O que o Picasso disse?

— Bom, eu fiz uma pergunta para ele. Falei: "Mestre, o que posso fazer para melhorar meu trabalho?".

— Tá brincando!

— Eu não.

— E o que ele respondeu?

— Ele disse: "Não posso te dizer nada sobre seu trabalho. Você deve fazer tudo sozinho".

— Rá.

— Sim.

— Bem legal.

— Sim. Tem fogo?

Dei meus fósforos para ele. O charuto tinha se apagado.

— Meu irmão é rico — comentou. — Ele me deserdou. Não gosta que eu beba e não gosta das minhas pinturas.

— Mas seu irmão nunca conheceu Picasso.

Maurice se levantou e sorriu.

— Não, ele nunca conheceu Picasso.

E voltou pelo corredor em direção à frente da loja, a fumaça do charuto se enrolava sobre seu ombro. Ele tinha ficado com a minha caixa de fósforos.

# 76

Bud apareceu empurrando, no carrinho de pedidos, três latas de um galão de tinta. Colocou tudo na mesa de embalagem. Estavam rotuladas como CARMESIM. Ele me entregou três rótulos. Os rótulos diziam VERMELHÃO.

— Estamos sem vermelhão — avisou. — Remova esses rótulos e cole os rótulos de VERMELHÃO.

— Há uma boa diferença entre carmesim e vermelhão — comentei.

— Vai logo.

Bud deixou alguns panos e uma lâmina de barbear para mim. Eu molhei os panos na água e os enrolei ao redor das latas. Depois raspei os rótulos antigos e colei os novos.

Ele voltou alguns minutos depois, trazendo uma lata de AZUL ULTRAMARINO e um rótulo para AZUL COBALTO. Agora ele estava chegando perto...

# 77

Paul era um dos atendentes. Era gordo e devia ter uns vinte e oito anos. Os olhos eram muito grandes e esbugalhados. Era viciado em pílulas. Me mostrou um punhado delas. Eram de tamanhos e cores diferentes.

— Quer experimentar?

— Não.

— Vá em frente. Pegue uma.

— Tá bom.

Peguei uma amarela.

— Eu tomo todas — disse ele. — Malditas sejam. Algumas querem me deixar animado, outras querem me deixar pra baixo. Deixo que briguem por mim.

— Deve ser difícil pra você.

— Eu sei. Escuta, por que você não vai para minha casa depois do trabalho?

— Eu tenho mulher.

— Todos nós temos mulheres, mas eu tenho algo melhor.

— O quê?

— Minha namorada me deu essa máquina redutora de presente de aniversário. Transamos em cima dela. Ela se move para cima e para baixo, não precisamos fazer esforço algum. A máquina faz todo o trabalho.

— Parece bom.

— Você e eu podemos usar essa máquina. Ela é barulhenta, mas desde que não a usemos depois das dez da noite, está tudo bem.

— Quem fica por cima?

— Que diferença faz? Eu posso dar ou receber. Por cima ou por baixo, não importa.

— Não importa?

— Claro que não. Vamos jogar cara ou coroa.

— Vou pensar a respeito.

— Tá bom. Quer outra pílula?

— Sim, me dê outra amarela.

— Venho saber sua resposta na hora de fechar.

— Beleza.

Paul estava lá na hora de fechar.

— E aí?

— Não dá, Paul. Sou hétero.

— Essa máquina é sensacional. Uma vez que você sobe nela, esquece de tudo.

— Não posso fazer isso.

— Ah, vem dar uma olhada nas minhas pílulas mesmo assim.

— Tudo bem. Isso eu posso fazer.

Tranquei a porta dos fundos. Depois saímos juntos pela porta da frente. Mary Lou estava sentada no escritório, fumando um cigarro e conversando com Bud.

— Boa noite, rapazes — disse Bud com um largo sorriso no rosto...

* * *

A casa do Paul ficava a uma quadra dali. Ele tinha um apartamento térreo de frente, com janelas voltadas para a Seventh Street.

— Lá está a máquina — disse ele. E ligou.

— Olha, olha. Parece uma máquina de lavar. A mulher do andar de cima me vê no corredor e diz: "Paul, você deve ser um cara muito limpo. Eu ouço você lavando suas roupas três ou quatro vezes por semana".

— Desliga isso — falei.

— Olha as minhas pílulas. Eu tenho milhares de pílulas, *milhares*. Nem sei para que algumas delas são.

Paul colocou todas as embalagens na mesa de centro. Eram onze ou doze embalagens, todas de tamanhos e formas diferentes e cheias de pílulas coloridas. Eram lindas. Enquanto eu observava, ele abriu uma embalagem e tirou três ou quatro pílulas e engoliu. Depois abriu outra e tomou mais algumas. Aí ele abriu uma terceira embalagem.

— Mas que inferno — falou —, vamos pra máquina.

— Vou ficar devendo. Preciso ir embora.

— Tá bom — disse ele —, se você não quer me foder, eu mesmo me fodo!

Fechei a porta e saí para a rua. Ouvi ele ligando a máquina.

# 78

Sr. Manders passou e voltou para onde eu estava trabalhando e ficou parado, me observando. Eu estava empacotando um grande pedido de tintas e ele ficou ali me vigiando. Manders tinha sido o primeiro dono da loja, mas a esposa acabou fugindo com um homem negro, e ele começou a beber. Bebeu tanto que perdeu a loja. Agora ele era apenas um vendedor e outro cara era o dono.

— Você está colocando etiquetas de FRÁGIL nessas caixas?

— Sim.

— Você está embalando bem? Bastante jornal e palha?

— Eu acho que estou fazendo certo.

— Você tem etiquetas de FRÁGIL o suficiente?

— Sim, tem uma caixa cheia delas embaixo desse banco aqui.

— Você tem certeza de que sabe o que está fazendo? Você não parece um empacotador.

— Como é que um empacotador parece?

— Usam aventais. Você não está usando avental.

— Ah.

— A Smith-Barnsley ligou para dizer que receberam um frasco de cola de borracha quebrado em uma remessa.

Eu não respondi.

— Me avise se você ficar sem etiquetas de FRÁGIL.

— Claro.

Manders foi andando pelo corredor. Depois parou e virou-se para me observar. Arranquei um pouco de fita do dispensador e, com um gesto exagerado, enrolei-a em volta da caixa. Manders virou-se de novo e foi embora.

Bud veio correndo.

— Quantos rodos raspadores de um metro e oitenta centímetros você tem em estoque?

— Nenhum.

— Tem um cara querendo cinco rodos raspadores de um metro e oitenta centímetros nesse momento. Ele está esperando. Faça acontecer.

Bud saiu em disparada. Um rodo raspador é uma peça de madeira com uma borda de borracha. É usado em serigrafia. Fui até o sótão, peguei a madeira, medi cinco seções de um metro e oitenta centímetros e cortei as tábuas. Em seguida, comecei a fazer furos na madeira ao longo de uma borda. Você prende a borracha no lugar depois de fazer os furos. Aí tem que lixar a borracha até que ela fique nivelada, com uma borda perfeitamente reta. Se a borda de borracha não estiver retinha, o processo de serigrafia não funciona. E a borracha tem um jeito próprio de enrolar, entortar e resistir.

Três minutos depois, Bud retornou.

— Já providenciou aqueles rodos raspadores?

— Não.

Ele correu de volta para a frente da loja. Perfurei, girei os parafusos e lixei. Mais cinco minutos, e ele voltou.

— Já providenciou os rodos raspadores?

— Ainda não.

Correu de novo.

Eu tinha um pronto e estava na metade de outro quando ele apareceu de novo.

— Deixa pra lá. O cara foi embora.

Bud caminhou de volta para a frente da loja...

# 79

A loja estava falindo. Cada dia as encomendas iam ficando menores. O trabalho estava diminuindo. Demitiram o amigo do Picasso e me mandaram esfregar os banheiros, esvaziar as cestas e repor o papel higiênico. Todas as manhãs eu varria e jogava água na calçada em frente à loja. Lavava as janelas uma vez por semana.

Certo dia, decidi arrumar meu próprio espaço. Uma das coisas que fiz foi limpar a área onde eu mantinha todas as caixas vazias que usava para enviar mercadorias. Tirei todas de lá e varri o lixo. Enquanto limpava, notei uma pequena caixa cinza alongada no fundo do compartimento. Peguei e a abri. Dentro, havia vinte e quatro pincéis de pelo de camelo de tamanho grande. Eram fartos e bonitos e vendidos por dez dólares cada um. Eu não sabia o que fazer. Fiquei olhando para eles por um tempo, depois fechei a caixa, saí pelos fundos e os coloquei em uma lata de lixo no beco. Por fim, coloquei todas as caixas vazias de volta no compartimento.

Naquela noite eu saí o mais tarde possível. Caminhei até a lanchonete mais próxima e tomei um café com torta de maçã. Depois saí, caminhei pela quadra e virei no beco. Fui caminhando pela ruela quando avistei Bud e Mary Lou entrando pelo outro lado. Não tinha nada a fazer além de continuar caminhando. Era isso aí. Fomos nos aproximando cada vez mais. Enfim, quando passei por eles, falei: "Oi". Eles falaram: "Oi". Continuei caminhando. Saí do outro lado do beco, atravessei a rua e entrei em um bar. Sentei e tomei uma cerveja, depois outra. Uma mulher no final do balcão me perguntou se eu tinha um fósforo. Me levantei e acendi o cigarro dela; enquanto eu fazia isso, ela peidou. Perguntei se ela morava no bairro. Disse que era de Montana. Me lembrei de uma noite infeliz que tive em Cheyenne, Wyoming, que fica perto de Montana. Enfim, saí do bar e voltei para o beco.

Fui até a lixeira e enfiei a mão. Ainda estava lá: a caixa cinza e alongada. Não parecia estar vazia. Coloquei pela gola da camisa e ela caiu, escorregou, deslizou contra meu estômago e ficou ali. Segui em direção à minha casa.

# 80

A próxima coisa que aconteceu foi que contrataram uma garota japonesa. Eu sempre tive uma ideia muito peculiar, por um longo tempo, de que depois de todas as dores e problemas, uma garota japonesa apareceria um dia e nós viveríamos felizes para sempre. Não tão felizes, mas *com facilidade*, com um profundo entendimento e uma preocupação mútua. As mulheres japonesas tinham uma bela estrutura óssea. A forma do crânio e o enrijecimento da pele com a idade eram coisas adoráveis; a pele de tambor torcido. Já nas mulheres americanas, o rosto ficava cada vez mais flácido e, por fim, derretia. Até mesmo os traseiros se desmanchavam e ficavam indecentes. A força das duas culturas era muito diferente também: as mulheres japonesas entendiam o ontem, o hoje e o amanhã por instinto. Chame isso de sabedoria. E elas tinham o poder da permanência. As mulheres americanas só sabiam sobre o hoje e tendiam a desmoronar quando apenas um dia dava errado.

Então eu fiquei muito interessado na nova garota. Além disso, ainda estava bebendo muito com a Jan, o que confundia minha cabeça, causava uma sensação estranha e aérea, fazia minha mente dar voltas e reviravoltas estranhas, mas também me dava coragem. Então, no primeiro dia em que ela veio com os pedidos, falei:

— Ei, vem aqui. Eu quero te beijar.

— O quê?

— Você me ouviu.

Ela se afastou. Enquanto ia embora, notei que ela mancava um pouco. Fazia sentido: a dor e o peso de séculos...

Eu continuei perseguindo ela como um caipira tarado bêbado de cerveja em um Greyhound passando pelo Texas. Ela estava intrigada — entendia a minha loucura. Eu a estava encantando sem perceber.

Um dia, um cliente ligou perguntando se tínhamos latas de cola branca de galão em estoque, e ela veio verificar algumas caixas empilhadas em um canto. Ao vê-la, perguntei se podia ajudá-la. Ela respondeu:

— Estou procurando uma caixa de cola marcada com 2-G.

— Com 2-G — comecei —, hein?

Passei meu braço em volta da cintura dela.

— Vamos fazer dar certo. Você é a sabedoria de séculos e eu sou eu. Fomos feitos um para o outro.

Ela começou a rir como uma mulher americana.

— Garotas japonesas não fazem isso. Que raios há com você?

Ela encostou em mim. Notei uma fileira de caixas de tinta junto à parede. Eu a levei até lá e a sentei com gentileza na fileira de caixas, a empurrei para baixo. Subi em cima dela e comecei a beijá-la, levantando o vestido. Foi aí que Danny, um dos funcionários, entrou. Danny era virgem. Frequentava aulas de pintura à noite e dormia durante o dia. Ele não sabia a diferença entre arte e bitucas de cigarro.

— Que merda está acontecendo aqui? — perguntou ele e saiu rápido rumo à recepção.

No dia seguinte, Bud me chamou.

— Tivemos que mandá-la embora também.

— Não foi culpa dela.

— Ela estava com você lá atrás.

— Fui eu que instiguei.

— Ela se submeteu, segundo o Danny.

— O que o Danny sabe sobre submissão? A única coisa à qual ele já se submeteu é à própria mão.

— Ele viu vocês.

— Viu o quê? Eu nem tirei a calcinha dela.

— Isto aqui é um local de trabalho.

— Tem a Mary Lou.

— Eu te contratei porque pensei que você fosse um empacotador confiável.

— Obrigado. E acabei sendo demitido por tentar transar com uma indiazinha* de olhos puxados com uma perna manca em cima de quarenta galões de tinta automotiva... que, aliás, você vem vendendo para o departamento de arte da L.A. City College como sendo original. Eu deveria denunciá-lo ao Better Business Bureau**.

— Aqui está seu cheque. Você está demitido.

— Tudo bem. Vejo você em Santa Anita.

— Claro — disse ele.

Tinha um dia de pagamento extra no cheque. Nós apertamos as mãos, e eu saí.

---

* Em inglês, Chinaski usa a construção "slant-eyed squaw", que é, de maneira literal, "índia de olhos puxados". A palavra "squaw" é um termo pejorativo para se referir a uma mulher indígena estadunidense, além de fazer referência à promiscuidade e aos órgãos sexuais femininos. [*N.T.*]

** O Better Business Bureau é uma organização sem fins lucrativos que atua nos Estados Unidos e Canadá, trabalhando para responder às perguntas dos clientes sobre o credenciamento e a confiabilidade de comerciantes e empresas desde 1912. [*N.T.*]

# 81

O emprego seguinte também não durou muito. Foi um pouco mais que uma simples parada. Era uma pequena empresa especializada em artigos natalinos: luzes, guirlandas, papais noéis, árvores de papel, tudo isso. Quando me contrataram, disseram que teriam que me dispensar no dia anterior ao Dia de Ação de Graças; que não tinham movimento depois disso. Tinham contratado meia dúzia de nós nas mesmas condições. Nos chamavam de "armazenistas" e, no geral, carregávamos e descarregávamos caminhões. Além disso, um armazenista é um cara que fica parado fumando cigarros, em um estado meio sonâmbulo. Mas nós seis não duramos até o Dia de Ação de Graças. Foi ideia minha irmos a um bar todos os dias para almoçar. Nossos períodos de almoço ficaram cada vez mais longos. Uma tarde apenas não voltamos. Mas, na manhã seguinte, como bons rapazes, estávamos todos lá. Fomos informados que não éramos mais bem-vindos.

— Agora — disse o gerente —, vou ter que contratar uma porcaria de uma nova equipe.

— E demitir todo mundo no Dia de Ação de Graças — disse um de nós.

— Escutem — disse o gerente —, vocês querem trabalhar mais um dia?

— Para vocês terem tempo de entrevistar e contratar nossos substitutos? — perguntou um de nós.

— É pegar ou largar — disse o gerente.

Aceitamos e trabalhamos o dia inteiro, rindo pra caramba, jogando caixas pelo ar. Depois, pegamos nossos últimos cheques e voltamos para nossos quartos e nossas mulheres bêbadas.

# 82

Outra fábrica de luminárias fluorescentes: A Companhia Honeybeam. A maioria das caixas de papelão tinha entre um metro e cinquenta centímetros e um metro e oitenta centímetros de comprimento e ficavam pesadas quando embaladas. Trabalhávamos dez horas por dia. O procedimento era bem simples — você ia para a linha de montagem, pegava as peças, trazia de volta e empacotava. A maioria dos trabalhadores ali era gente mexicana ou negra. Os negros implicavam comigo e me acusavam de querer ser engraçadinho. Os mexicanos ficavam quietos e observavam. Cada dia era uma batalha — tanto pela minha vida quanto pela minha capacidade de acompanhar o embalador-chefe, Monty. Eles pegavam no meu pé o dia inteiro.

— Ei, garoto. Garoto! Vem cá, garoto! Garoto, eu quero falar com você!

Era o pequeno Eddie. Little Eddie era bom em me chamar.

Não respondi.

— Garoto, eu estou falando com você!

— Eddie, tá a fim de um cabo de vassoura enfiado no traseiro enquanto canta "Old Man River"?

— Como tu conseguiu esses buracos no rosto, branquelo? Caiu numa broca enquanto dormia?

— Onde tu conseguiu essa cicatriz no lábio inferior? Teu namorado tem uma navalha amarrada no pau?

Saí no intervalo e troquei uns socos com o Big Angel. Ele me deu uma sova, mas eu acertei alguns socos, não entrei em pânico e me mantive firme. Eu sabia que ele só tinha dez minutos para brigar e isso ajudou. O que mais doeu foi o dedo que ele enfiou no meu olho. Voltamos juntos, ofegantes.

— Tu não é profissional — ele disse.

— Tenta me enfrentar quando eu não estiver de ressaca. Te derrubo na hora.

— Ok — retrucou —, vem um dia, limpo e disposto, e vamos tentar de novo.

Decidi naquele momento nunca aparecer limpo e disposto.

Morris era o encarregado. Ele tinha uma energia monótona ao extremo. Era como se ele fosse feito de madeira, só que transparente por completo. Eu tentava não falar com ele mais do que o necessário. Era filho do dono e tinha tentado ser vendedor em outro lugar. Fracassou e o trouxeram de volta. Ele se aproximou.

— O que aconteceu com o seu olho? Está todo *vermelho*.

— Eu estava caminhando debaixo de uma palmeira e fui atacado por um melro.

— Ele acertou o seu olho?

— Acertou.

Morris saiu andando, com o fundilho da calça enfiado no traseiro...

A melhor parte do trabalho era quando a linha de montagem não conseguia acompanhar nosso ritmo e ficávamos esperando.

A linha de montagem era operada em especial por jovens mexicanas de pele bonita e olhos escuros; usavam jeans apertados e suéteres apertados e brincos espalhafatosos. Eram bem jovens, saudáveis, eficientes e descontraídas, além de boas trabalhadoras. De vez em quando, uma delas erguia a cabeça e dizia algo, então explodiam em gargalhadas e olhares enquanto eu as observava rindo nos jeans apertados e suéteres apertados e pensava comigo, se uma delas fosse para a cama comigo hoje à noite, eu poderia aguentar muito melhor toda essa merda. Todos nós pensávamos nisso. E também, que todas elas estavam com outras pessoas. Ah, que se dane. Isso não fazia diferença. Em quinze anos elas estariam pesando oitenta e três quilos e as filhas é que seriam bonitas.

Comprei um carro com oito anos de uso e fiquei trabalhando naquele lugar até dezembro. Aí veio a festa de Natal. Era dia 24 de dezembro. Ia ter bebida, comida, música, dança. Eu nem curtia festas. Não sabia dançar e as pessoas me assustavam, em especial nas festas. Tentavam ser sexy, alegres e engraçadas e, embora achassem que estavam arrasando, na verdade não estavam. Forçavam tanto a barra que só piorava.

Então, quando a Jan se esfregou em mim e falou:

— Dane-se a festa, fique em casa comigo. Vamos beber aqui — não achei difícil concordar.

Fiquei sabendo da festa no dia seguinte ao Natal. Little Eddie comentou:

— Christine chorou quando você não apareceu.

— Quem é Christine?

— A garota mexicana bonitinha.

— Quem é ela mesmo?

— Ela trabalha lá no fundão, na montagem.

— Ah, fala sério.

— Sério. Ela chorou um monte. Alguém desenhou você bem grande, com a barbicha, e pendurou na parede, embaixo escreveram: "Me dá outra bebida!".

— Sinto muito, cara. Eu fiquei enrolado.

— Tudo bem. Depois ela parou de ficar brava e dançou comigo. Ficou bêbada e vomitou um pouco do bolo, aí ficou mais bêbada ainda e dançou com todos os caras negros. Ela dança bem sexy. No final, foi embora com o Big Angel.

— É provável que o Big Angel tenha enfiado o dedão no olho dela — falei.

Na véspera do Ano-Novo, após o intervalo da tarde, Morris me chamou e disse:

— Quero falar com você.

— Tá bom.

— Por aqui

Morris me levou para um canto escuro ao lado de uma fileira de caixas empilhadas.

— Olha, a gente vai ter que te demitir.

— Tudo bem. Então hoje é meu último dia?

— Sim.

— O cheque ficará pronto?

— Não, vamos mandar pelo correio.

— Está bem.

# 83

A National Bakery Goods ficava perto. Me deram um avental branco e um armário. Faziam bolachas, biscoitos, bolinhos e coisas do tipo. Como eu tinha afirmado no meu currículo que tinha dois anos de faculdade, consegui o emprego de Homem-Coco. O Homem-Coco ficava em cima de um poleiro, mergulhava a pá no barril de coco ralado e jogava as lascas brancas em uma máquina. A máquina fazia o resto: espirrava coco nos bolos e em outros itens variados que passavam por baixo. Era um trabalho fácil e digno. Lá estava eu, vestido de branco, jogando coco ralado em uma máquina. Do outro lado da sala havia dezenas de garotas jovens, também vestidas de branco, com toucas brancas. Eu não tinha certeza do que elas faziam, mas estavam ocupadas. Trabalhávamos à noite.

Aconteceu na minha segunda noite. Começou aos poucos, algumas das garotas começaram a cantar:

— Ah, Henry, ah, Henry, como você sabe amar! Ah, Henry, ah, Henry, meu Deus do céu!

Mais e mais garotas se juntaram a elas. Logo, todas estavam cantando. Claro que eu pensei que estavam cantando para mim.

A supervisora das garotas surgiu correndo e gritando:

— *Certo, certo, meninas, já chega!*

Com calma, eu mergulhei minha pá no coco ralado e aceitei tudo aquilo...

Eu trabalhava lá há duas ou três semanas quando uma campainha tocou durante o turno noturno. Uma voz falou pelo sistema de som:

— Todos os homens, venham para a parte de trás do prédio.

Um homem de terno veio em nossa direção.

— Formem um círculo ao meu redor — disse ele.

Carregava uma prancheta com uma folha de papel por cima. Os homens se reuniram em volta dele. Todos nós estávamos de avental branco. Eu fiquei na borda do círculo.

— Estamos entrando na baixa temporada — disse o homem. — Sinto muito em dizer que vamos ter que dispensar todos vocês até que as coisas melhorem. Agora, se vocês puderem formar uma fila aqui na minha frente, vou anotar seus nomes, números de telefone e endereços. Quando as coisas melhorarem, vocês serão os primeiros a saber.

Os homens começaram a formar uma fila, mas com empurra-empurra e xingamentos. Eu não entrei na fila. Vi todos os meus colegas de trabalho dando os nomes e endereços de forma obediente. *Esses*, pensei, *são aqueles homens que dançam bonitinho nas festas.* Voltei para o meu armário, pendurei o avental branco, deixei a pá apoiada na porta e saí.

# 84

O Hotel Sans era o melhor de Los Angeles. Era um hotel antigo, mas tinha a classe e o charme que faltava nos lugares mais novos. Ficava bem em frente ao parque no centro da cidade.

O hotel era renomado por sediar convenções de empresários e por oferecer prostitutas caras, de talento quase lendário — que ao final de noites lucrativas chegavam a dar um pequeno agrado aos carregadores. Havia também histórias de carregadores que ficaram milionários — malditos carregadores com pirocas de quase trinta centímetros, que tiveram a sorte de conhecer e casar com alguma hóspede rica e idosa. E a *comida*, a *lagosta*, os enormes cozinheiros negros com os altíssimos chapéus brancos que sabiam de tudo, não só sobre comida, mas sobre a Vida, sobre mim e sobre tudo.

Fui alocado no pátio de carga. Aquele pátio era *estiloso*: para cada caminhão que chegava, havia dez caras para descarregar, sendo que no máximo precisavam de dois. Eu usava minhas melhores roupas. Nunca encostava em nada.

Nós descarregávamos (no caso, eles) tudo que chegava no hotel, e a maior parte era comida. Minha aposta era que os ricos comiam mais lagostas do que qualquer outra coisa. Chegavam engradados e mais engradados delas, deliciosamente rosadas e grandes, agitando as garras e antenas.

— Você gosta dessas coisas, não é, Chinaski?

— Sim. Ah, sim. — Eu babava.

Um dia, a senhora das contratações me chamou. O escritório ficava nos fundos do pátio de carga.

— Eu quero que você administre este escritório aos domingos, Chinaski.

— E o que eu faço?

— Basta atender ao telefone e contratar os lavadores de pratos para o domingo.

— Tudo bem!

O primeiro domingo foi tranquilo. Eu só fiquei lá sentado. Logo, um coroa entrou.

— No que posso ajudar, amigão? — perguntei.

Ele usava um terno caro, mas estava amassado e um pouco sujo; os punhos estavam começando a desfiar. Ele segurava o chapéu na mão.

— Escute — perguntou —, você precisa de alguém que seja um bom conversador? Alguém que possa cumprimentar e conversar com as pessoas? Eu tenho um certo charme, conto histórias agradáveis, sei fazer as pessoas rirem.

— É mesmo?

— Ah, sim.

— Me faça rir, então.

— Ah, não é assim. O ambiente tem que colaborar, o clima, a *decoração*, sabe...

— Me faça rir.

— Senhor...

— Não serve, você é pura conversa fiada!

Os lavadores de pratos foram contratados ao meio-dia. Pisei para fora do escritório, e lá estavam quarenta desocupados.

— Muito bem, precisamos de cinco trabalhadores! Cinco dos *bons*! Nada de cachaceiros, pervertidos, comunistas ou molestadores de crianças! E têm que ter o cartão do seguro social! Vamos lá, peguem os cartões e levantem eles!

Os cartões surgiram. Eles balançavam.

— Ei, eu tenho um!

— Ei, amigo, aqui! Dê uma chance!

Eu os analisei devagar.

— Ok, você com a mancha de merda na gola — apontei. — Dê um passo à frente.

— Isso não é mancha de merda, senhor. É molho.

— Bom, aí eu não sei, amigo, mas pra mim parece que você tem papado mais virilhas do que carne assada!

— Ah, hahaha — riram os coitados. — Ah, hahaha!

— Certo, agora eu preciso de *quatro* bons lavadores de pratos! Eu tenho aqui quatro moedas na minha mão. Vou jogá-las pro alto. Os quatro homens que me trouxerem as moedas vão lavar pratos hoje!

Joguei as moedas lá para o alto, bem no meio do povo. Corpos pulavam e se esbarravam, roupas rasgavam, teve gente xingando, um cara gritou, teve até troca de socos. Aí vieram os quatro sortudos, um de cada vez, arfando, cada um com uma moeda. Entreguei os cartões de trabalho e os mandei para a lanchonete dos funcionários, onde iam comer alguma coisa. Os outros desocupados foram saindo devagar, descendo a rampa de carga, pulando lá de cima e andando pelo beco, rumo à terra desolada do centro de Los Angeles, em pleno domingo.

# 85

Os domingos eram os melhores dias porque eu ficava sozinho e logo comecei a trazer uma garrafinha de uísque para o trabalho. Em um desses domingos, depois de uma noite bebendo muito, a garrafa me pegou de jeito; eu apaguei. Me lembro de forma vaga de alguma atividade incomum naquela noite depois que cheguei em casa, mas nada muito nítido. Contei isso para Jan na manhã seguinte antes de voltar para o trabalho.

— Acho que fiz alguma besteira. Mas talvez seja só a minha imaginação.

Cheguei e fui direto bater o ponto. Meu cartão não estava no suporte. Dei a volta e fui até a velha senhora que cuidava das contratações. Quando me viu, ficou nervosa.

— Sra. Farrington, meu cartão de ponto sumiu.

— Henry, eu sempre achei que você fosse um bom menino.

— Sim?

— Você não lembra o que fez, não é? — perguntou, olhando nervosa ao redor.

— Não, senhora.

— Você estava bêbado. Encurralou o sr. Pelvington no vestiário masculino e não o deixou sair. Você o manteve em cativeiro por trinta minutos.

— O que eu fiz com ele?

— Você não o deixou sair.

— Quem é ele?

— O gerente assistente do hotel.

— O que mais eu fiz?

— Você deu uma palestra para ele sobre como administrar o hotel. O sr. Pelvington tem trinta anos de experiência na indústria hoteleira. Você sugeriu que prostitutas fossem registradas apenas no primeiro andar e que deveriam passar por exames físicos regulares. Não há prostitutas neste hotel, sr. Chinaski.

— Ah, eu sei disso, sra. Pelvington.

— Farrington.

— Sra. Farrington.

— Você também disse ao sr. Pelvington que apenas dois homens eram necessários no pátio de carga, em vez de dez; que reduziria os roubos se cada funcionário recebesse uma lagosta viva para levar para casa todas as noites, em uma gaiola especialmente construída e que pudesse ser transportada nos ônibus ou nos bondes.

— Você tem um baita senso de humor, sra. Farrington.

— O segurança não conseguiu fazer você soltar o sr. Pelvington. Você rasgou o casaco dele e só cedeu quando chamamos a polícia.

— Presumo que estou demitido?

— Presumiu de maneira correta, sr. Chinaski.

Saí de fininho por trás de uma pilha de engradados. Quando a sra. Farrington não estava olhando, fui para a lanchonete dos funcionários. Eu ainda tinha meu vale-refeição. Poderia fazer uma última e boa refeição. A comida era quase tão boa quanto a que eles cozinhavam para os hóspedes lá em cima e davam mais para quem trabalhava lá. Segurando meu vale, entrei na lanchonete, peguei uma bandeja, uma faca e um garfo, um copo e alguns guardanapos. Caminhei até o balcão de comida. Enfim, olhei para cima. Preso na parede atrás do balcão tinha um pedaço de papelão branco coberto com um grande rabisco grosseiro:

NÃO DÊ COMIDA AO HENRY CHINASKI

Coloquei a bandeja de volta sem ser percebido. Saí da lanchonete, caminhei ao longo do pátio de carga e, em seguida, entrei no beco. Um outro desocupado vinha em minha direção.

— Tem um cigarro, companheiro? — perguntou.

— Tenho.

Tirei dois cigarros, dei um para ele e peguei o outro. Acendi o dele, depois o meu. Ele foi para um lado e eu para o outro.

# 86

O Mercado de Trabalho Agrícola ficava entre a San Pedro e a Fifth Street. Eu tinha que me apresentar às cinco da manhã e ainda estava escuro quando cheguei lá. Havia homens sentados e em pé, enrolando cigarros e conversando baixinho. Todos esses lugares têm sempre o mesmo cheiro — cheiro de suor rançoso, urina e vinho barato.

No dia anterior, eu tinha ajudado Jan a se mudar para um apartamento de um corretor de imóveis gordo que morava na Kingsley Drive. Fiquei de longe, escondido no corredor, assistindo ele dar um beijo nela; depois entraram juntos no apartamento, e a porta se fechou. Voltei sozinho pela rua, percebendo pela primeira vez os pedaços de papel voando e o lixo acumulado que sujava a rua. Tínhamos sido despejados e eu tinha apenas dois dólares e oito centavos. Jan me prometeu que estaria esperando quando minha sorte mudasse, mas nem eu acreditava nisso. O nome do corretor era Jim Bemis, tinha muito dinheiro e um escritório na Alvarado Street.

— Eu detesto quando ele me fode — Jan havia me dito.

Agora, era provável que ela estivesse dizendo a mesma coisa sobre mim para ele.

Tinha algumas laranjas e tomates empilhados em vários engradados e, ao que tudo indicava, eram de graça. Peguei uma laranja, mordi a casca e chupei. Acabei gastando todo o seguro--desemprego depois que deixei o Hotel Sans.

Um cara de uns quarenta anos veio até mim. O cabelo dele parecia tingido, aliás, não parecia cabelo humano e sim linha de costura. A luz forte de cima brilhava sobre ele. Tinha verrugas marrons no rosto, a maioria concentrada ao redor da boca. Um ou dois pelos pretos cresciam em cada uma delas.

— Como vai? — perguntou ele.

— Tranquilo.

— Que tal um boquete?

— Acho que não, valeu.

— Cara, tô com tesão e eu mando muito bem.

— Olha, desculpa, mas não tô a fim.

Ele saiu irritado. Olhei em volta da sala grande. Tinha uns cinquenta homens esperando. Dez ou doze funcionários do departamento de emprego sentados às mesas ou andando por aí. Fumavam cigarros e pareciam mais preocupados do que os desocupados. Os funcionários estavam separados dos ociosos por uma malha de arame pesada que ia do chão ao teto. Alguém tinha pintado aquilo de amarelo. Era um amarelo muito apático.

Quando um funcionário precisava fazer uma negociação com um vagabundo, ele destrancava e deslizava uma pequena janela de vidro na grade. Quando a papelada era resolvida, o atendente fechava a janela de vidro e a trancava por dentro; cada vez que isso acontecia a esperança parecia desvanecer. Todos nós despertávamos quando a janela se abria, qualquer chance de um era a chance de todos, mas quando fechava, a esperança evaporava. Só restava olharmos uns para os outros.

Ao longo da parede do fundo, atrás da tela amarela e atrás dos funcionários, havia seis lousas. Havia também giz branco e apagadores, assim como na escola primária. Cinco das lousas estavam limpas, embora fosse possível ver o fantasma de mensagens anteriores, de empregos há muito preenchidos e agora perdidos para sempre, pelo menos do nosso ponto de vista.

Tinha uma mensagem na sexta lousa:

PRECISA-SE DE COLHEDORES DE TOMATE EM BAKERSFIELD

Eu achava que as máquinas tinham deixado os colhedores de tomate sem trabalho. Mas, lá estava. Ao que parecia, humanos eram mais baratos que máquinas. E máquinas quebram. Ah.

Olhei em volta na sala de espera — não havia orientais, nem judeus e quase nenhum negro. A maioria dos mendigos eram brancos pobres ou *chicanos*. Os únicos negros já estavam bêbados de vinho.

Foi então que um dos funcionários se levantou. Era um homem grande com uma barriga de cerveja. O que chamava a atenção era a camisa amarela com listras pretas verticais. A camisa estava superengomada, e ele usava braçadeiras — para segurar as mangas, como em fotografias tiradas nos anos 1890. Ele veio até a janela de vidro, na tela amarela e a destrancou.

— Muito bem! Tem um caminhão lá atrás sendo carregado, partindo para Bakersfield!

O grandalhão fechou a janela, trancou, se sentou e acendeu um cigarro.

Por um instante, ninguém se mexeu. Então, um por um, aqueles que estavam sentados nos bancos começaram a se levantar e se espreguiçar, com os rostos sem expressão. Os homens que estavam em pé jogaram os cigarros no chão e os apagaram de forma cuidadosa com as solas dos sapatos. Enfim, um lento êxodo geral começou; todos saíram por uma porta lateral que dava para um quintal cercado.

O sol estava nascendo. Enfim nos olhamos pela primeira vez. Alguns homens sorriam ao ver um rosto conhecido.

Formamos uma fila, abrindo caminho em direção à parte de trás do caminhão, com o sol nascendo. Era hora de partir. Estávamos subindo em um caminhão do Exército da Segunda Guerra Mundial com um teto alto de lona, rasgado. Avançamos, empurrando com grosseria, mas ao mesmo tempo tentando ser pelo menos um mínimo educados, até que me cansei das cotoveladas e dei um passo para trás.

A capacidade do caminhão era admirável. O encarregado, um mexicano grande, ficou de um lado, na parte de trás do caminhão, acenando para o pessoal entrar:

— Certo, certo, vamos lá, vamos lá...

Os homens avançavam devagar, como se estivessem entrando na boca da baleia.

Dava para ver os rostos pela lateral do caminhão; conversavam baixinho e sorriam. Ao mesmo tempo que eu não gostava daquela gente, também me sentia sozinho. Foi ali que eu decidi que poderia lidar com tomates; decidi entrar de cabeça. Alguém trombou em mim, por trás. Era uma mexicana gorda e parecia bastante emocionada. Peguei-a pela cintura e a levantei. Era muito pesada e foi difícil manejá-la. Por fim, eu consegui segurar alguma coisa; parecia que uma das minhas mãos havia escorregado para a parte mais profunda da sua virilha. Empurrei-a para dentro do caminhão. Depois, procurei um apoio e me coloquei para dentro. Eu era o último. O encarregado mexicano pôs o pé em cima da minha mão.

— Não — disse ele —, já temos o suficiente.

O motor do caminhão ligou, falhou, parou. O motorista tentou de novo. Ligou, e foram embora.

# 87

A Agência de Trabalhadores para a Indústria ficava bem na periferia pobre. Os desocupados eram mais bem vestidos, mais jovens, mas tão letárgicos quanto todos os outros. Se sentavam nos parapeitos das janelas, curvados para a frente, se aquecendo no sol e bebendo o café grátis que a A.T.I. oferecia. Não tinha leite e nem açúcar, mas era de graça. Não havia uma divisória de arame nos separando dos funcionários. Os telefones tocavam com mais frequência e os atendentes eram muito mais despreocupados do que no Mercado de Trabalho Agrícola.

Fui até o balcão, e me deram um cartão e uma caneta presa por uma corrente.

— Preencha — disse o atendente, um jovem mexicano simpático que tentava esconder a simpatia por trás de um ar profissional.

Comecei a preencher o cartão. Depois de endereço e número de telefone, escrevi: "nenhum". Aí, depois de educação e experiência profissional, escrevi: "dois anos na L.A. City College. Jornalismo e Belas Artes".

Disse ao atendente:

— Estraguei este cartão. Poderia me dar outro?

Ele me deu um novo. Eu escrevi:

— Formado na L.A. High School, empacotador, armazenista e trabalhador braçal. Alguma habilidade em datilografia.

Devolvi o cartão.

— Muito bem — disse o atendente —, agora sente-se e veremos se há algo disponível.

Encontrei um espaço em um parapeito de janela e me sentei. Um coroa negro estava sentado ao meu lado. O rosto dele era interessante, e ele não tinha a aparência resignada que a maioria de nós sentados naquele lugar tinha. Parecia que ele estava tentando não rir de si mesmo e do resto de nós.

Ele me pegou olhando em sua direção e sorriu.

— O cara que comanda este lugar é esperto. Ele foi demitido pela agência de Trabalho Agrícola, ficou furioso, veio para cá e começou isso. Se especializou em trabalhadores de meio período. Se alguém precisar que um vagão seja descarregado de forma rápida e barata, acaba ligando para cá.

— Pois é, ouvi falar.

— O tipo que precisa descarregar um vagão barato e pra já, ele liga aqui. O mandachuva fica com cinquenta por cento. Não reclamamos. A gente arruma o que dá.

— Para mim está bom. Dane-se.

— Você parece borocoxô. Tudo bem contigo?

— Perdi uma mulher.

— Você terá outras e também vai perdê-las.

— Para onde elas vão?

— Experimente um pouco disso aqui.

Era uma garrafa dentro de uma sacola. Dei um gole. Vinho do porto.

— Obrigado.

— Por aqui não tem mulher.

Ele me passou a garrafa de novo.

— Não deixe ele ver a gente bebendo. É a única coisa que o deixa bravo.

Enquanto bebíamos, vários homens foram chamados e saíram para trabalhar. Isso nos animou. Pelo menos tinha algo acontecendo.

Meu amigo negro e eu esperamos, passando a garrafa um para o outro.

Aí ela esvaziou.

— Onde fica a loja de bebidas mais próxima? — perguntei.

Peguei as coordenadas e saí. Por algum motivo, sempre fazia calor durante o dia. Dava para ver mendigos andando por aí com pesados sobretudos no calor. Mas quando a noite chegava, e a Missão* estava cheia, aqueles sobretudos eram úteis.

Quando voltei da loja de bebidas, meu amigo ainda estava lá. Sentei e abri a garrafa, passei a sacola.

— Não dê bandeira — disse ele.

Era confortável ficar bebendo o vinho ali.

Alguns mosquitinhos começaram a se juntar e voar na nossa frente.

— Mosquitos de vinho — comentou.

— Filhos da mãe, são viciados.

— Sabem o que é bom.

— Bebem pra esquecer as mulheres.

— Apenas bebem.

Agitei as mãos no ar e peguei um dos mosquitinhos de vinho. Quando abri minha mão, tudo que eu pude ver era um pontinho preto e a estranha visão de duas pequenas asas. Mais nada.

---

* Los Angeles Mission é um abrigo para pessoas em situação de rua que atua em Los Angeles desde 1936. [*N.T.*]

— Lá vem ele!

Era o cara bonitão e jovem que comandava o lugar. Ele correu em nossa direção.

— Já chega! Saiam daqui! Saiam daqui, seus cachaceiros de merda! Saiam daqui antes que eu chame a polícia!

Ele nos empurrou até a porta, xingando e expulsando. Me senti culpado, mas não fiquei com raiva. Mesmo enquanto ele nos empurrava, eu sabia que não se importava com o que fazíamos. Tinha um anel grande na mão direita.

Não reagimos rápido o suficiente e o anel me acertou bem em cima do olho esquerdo; senti o sangue começar a escorrer e em seguida o inchaço. Meu amigo e eu estávamos de volta na rua.

Fomos embora. Achamos uma porta e nos sentamos nos degraus. Entreguei a garrafa para ele. Deu um gole.

— Da boa.

Ele me passou a garrafa e eu dei um gole.

— Sim, da boa.

— O sol já tá aí.

— Sim, o sol já tá alto.

Sentamos em silêncio, passando a garrafa de um lado para o outro.

Então a garrafa ficou vazia.

— Bom — disse ele —, tenho que ir.

— Até mais.

Ele foi embora. Levantei, fui para o outro lado, virei a esquina e caminhei pela Main Street. Continuei até chegar ao Roxie.

Fotos de strippers estavam expostas na vitrine do lugar. Caminhei até lá e comprei um ingresso. A garota na gaiola parecia mais bonita do que nas fotos. Agora eu tinha só trinta e oito centavos.

Entrei na sala escura do cinema e fiquei na oitava fileira. As três primeiras estavam lotadas.

Dei sorte. O filme já tinha acabado e a primeira *stripper* já estava se apresentando. Darlene. Na maioria das vezes a primeira era a pior, uma veterana decadente, agora reduzida a chutar as pernas na maior parte do tempo. Tínhamos Darlene na abertura. Era provável que alguém tivesse sido assassinada ou estava menstruada, ou ainda, tendo um ataque de raiva, e essa era a chance de Darlene fazer um solo de novo.

Mas Darlene estava bem. Magra, mas com seios. O corpo parecia um salgueiro. No fim daquelas costas magras, daquele corpo magro, tinha um traseiro enorme. Era tipo um milagre — o suficiente para deixar um homem louco.

Darlene usava um longo vestido de veludo preto, com uma fenda muito alta — as panturrilhas e coxas brancas eram como defuntos em contraste com o preto. Ela dançava e nos encarava com olhos delineados. Essa era a chance dela. Queria voltar a ser uma dançarina principal mais uma vez. Eu estava do lado dela. Enquanto trabalhava nos zíperes, mais e mais do corpo começava a aparecer, a sair para fora daquele sofisticado vestido de veludo preto, pernas e carne branca. Logo ela estava apenas com o sutiã rosa e a calcinha fio dental — os diamantes falsos balançando e cintilando enquanto dançava.

Darlene dançava no palco e agarrou a cortina. A cortina estava rasgada e empoeirada. Ela a agarrou, dançando no ritmo do quarteto e sob a luz do holofote rosa.

Ela começou a trepar com a cortina. A banda agitava no ritmo. Darlene deu tudo de si para aquela cortina; a banda mandava ver e ela também. A luz rosa mudou de forma brusca para o roxo. A banda aumentou a velocidade, tocando com tudo. Darlene pareceu entrar em êxtase. A cabeça foi para trás e a boca abriu.

Então ela se endireitou e dançou de volta para o meio do palco. De onde eu estava sentado, podia ouvi-la cantar para si mesma, por cima da música. Ela pegou o sutiã rosa e o arrancou, e um cara da terceira fileira acendeu um cigarro. Agora só restava o fio dental. Ela enfiou o dedo no umbigo e gemeu.

Darlene continuou dançando no centro do palco. A banda tocava com mais sutileza. Ela começou a rebolar com suavidade. Estava nos fodendo. A calcinha fio dental, enfeitada com miçangas, balançava devagar. Então, aos poucos, o quarteto começou a aumentar o ritmo mais uma vez. Estavam buscando o clímax do ato; o baterista estourava as baquetas como fogos de artifício; a banda parecia cansada e desesperada.

Darlene dedilhava os seios nus, mostrando-os para nós; com olhos sonhadores, lábios úmidos e entreabertos. De repente, ela se virou e balançou o enorme traseiro em nossa direção. As miçangas brilhavam, saltavam, enlouqueciam e cintilavam. O holofote tremia e dançava como o sol. O quarteto tocava com tudo. Darlene girou e estourou as miçangas. Eu olhei, eles olharam. Podíamos ver os pelos da xoxota através do tecido bege. A banda de fato botou para quebrar naquela bunda.

E eu fiquei ali, mole.

# Nota da tradutora

O que uma tradutora feminista faz ao traduzir Charles Bukowski? Essa é uma pergunta que me assombra desde que aceitei o projeto de traduzir *Factótum* (1975), segundo romance da carreira de um dos escritores estadunidenses mais polêmicos — assim como lido e traduzido — do século XX. A ideia de *fidelidade* ronda a prática da tradução há séculos. Pessoas que leem gostam da experiência de leitura que, aparentemente, provê um grau de transparência em relação ao texto fonte, e isso faz parte do jogo. Porém, agora, sabemos que na história da tradução são inúmeros os equívocos — ou "escândalos", como chama o teórico estadunidense Lawrence Venuti — relacionados a traduções que circularam por décadas e, até mesmo, séculos. Sempre há escolhas na tradução e elas são subjetivas à pessoa que traduz e dependem de muitas variáveis do sistema literário. Porém, aqui, eu optei por ser o mais fiel possível ao projeto literário de Bukowski, justamente para expô-lo.

Seguir à risca o que o autor escreveu é com exatidão expor várias estruturas complexas que apontam para outra variedade de questões literárias, culturais e históricas dos Estados Unidos, assim como a forma que as recebemos na leitura. Mesmo tendo nascido na Alemanha, Bukowski foi para os Estados Unidos aos dois anos de idade e, como é possível perceber na leitura deste romance, ele se apropriou de elementos da cultura estadunidense de maneiras muito peculiares.

No começo do romance, o anti-herói (ou poderíamos falar na língua dele, o chamando de *cachaceiro* ou *vagabundo*) Henry Chinaski é chamado de "white trash" (termo ofensivo, que faz referência a pessoas brancas e pobres) por uma prostituta, que ele faz questão de descrever como uma mulher negra, de pele clara, também usando o termo pejorativo "high yellow". Não por acaso, ao longo do livro vamos nos deparar com uma enxurrada do que podemos chamar de retórica *chinaskiana*: ora racista, ora misógina, ora classista, e em outros muitos momentos, xenofóbica; mas também engraçada, revoltosa em relação à cultura do trabalho e à lógica do *self-made man* (aquele que "se faz por si mesmo", uma das fórmulas de sucesso na cultura dos Estados Unidos), além de pornográfica, com pitadas de autocomiseração em relação à masculinidade vigente.

Foi necessário testar, várias vezes, se as frases e construções ficavam plausíveis e funcionais. Nada fácil, em especial nas cenas de sexo, que revelam por um lado os motivos que levaram o autor a conseguir muitas publicações em revistas de literatura pornográfica, mas por outro expõem uma faceta misógina que também marcou a performance do escritor enquanto pessoa física. Apesar disso, o personagem está sempre fracassando em apresentar a masculinidade dele, e a cena final deixa isso bem evidente.

Na tradução, foi necessário um bom jogo de cintura para reconstruir a coloquialidade do narrador: frases obsessivamente curtas e apenas em aparência simples, assim como os diálogos que apresentam discursos que, em vários momentos, podem causar espanto, pois saem da boca de gente ao extremo comum ao cotidiano. Também, foi necessário uma boa noção do momento histórico; as situações vividas pelo protagonista em busca de empregos expõem o convívio com a realidade de um país que — depois da década de 1930, a Grande Depressão e a Segunda Guerra Mundial — até hoje sente o peso da colonialidade, da escravidão, da misoginia estrutural etc..

Muito do que acontece em *Factótum* é difícil de digerir, assim como de traduzir. Porém, não deixa de ser um recorte sobre muitos personagens que seguem existindo não apenas no imaginário. Por isso, o que uma tradutora feminista pode fazer é traduzir Charles Bukowski emulando a voz de Chinaski como se ele falasse português brasileiro, evidenciando o projeto de escrita de um autor que é lido desde a década de 1940, quando começou a ter seus contos publicados, e que segue sendo lido, em especial por jovens em busca de leituras contraculturais e debochadas. Que Charles Bukowski possa ser lido sem atenuações ou censuras, para que seja pensado em toda a difícil complexidade dele, ampliando as discussões.

*Emanuela Siqueira é tradutora e pesquisadora no campo dos estudos feministas de tradução e crítica literária.*

# Valem as regras da vida na ficção?

Eu seria uma escritora diferente se não tivesse me apaixonado por Bukowski na juventude. Mas reler esta obra vinte anos e algumas revoluções depois me causou estranheza e um certo mal-estar. Como me passaram batidos os estereótipos raciais, de gênero e a violência? Será que passaram batidos? Será que eu não achava a figura da decadência romantizada o máximo? A ficção tem licença poética, afinal, não tem? Não cheguei a nenhuma conclusão. Só sei que, na época, ele era um dos meus refúgios e hoje me causa esse desconforto. Coisas do tempo, coisas da tomada de consciência dos últimos anos. Mas, de novo: as regras da vida valem para a ficção? Eu não sei.

O fato é que Bukowski detestaria seus leitores de hoje em dia e talvez a minha própria obra, tão comparada com a dele que me chamaram, mais de uma vez, de "Bukowski de saias". Eu, hoje, ficaria ofendidíssima, porque estavam querendo dizer, e diziam, que eu "escrevia como um homem". Só que, na época, há mais de vinte anos, todas as minhas referências eram homens. Escrever como um deles, pra mim e para quem apontava isso, era um elogio. Até porque, meu Deus, o que é isso de escrever feito um homem ou feito uma mulher? A mulher tem que ser meiga e profunda como águas turvas da delicadeza e o homem ganha o mundo fazendo a merda que quer? Deve ser exatamente isso, e era assim que eu me sentia na época em que tive contato com a obra do velho Buk: se Henry Chinaski pode tocar esse terror todo, foder, beber, ser um triste solitário que acorda vomitando depois de três dias alcoolizado, eu também podia criar uma personagem que vivia com as pernas abertas para a vida, certo?

Errado.

Pelo menos lá em 2002, a anti-heroína com moral flexível não agradou a tantos quanto Chinaski. Chirivino, ela chama. Camila Chirivino. O primeiro nome eu peguei da musa de Arturo Bandini em *Pergunte ao pó*, do escritor John Fante, o preferido de Bukowski, assim como o meu. Chirivino era um dos nomes da família do meu avô que peguei emprestado. Foi um tal de isso não passa de um diário (passava), ela só quer chamar atenção, não tem capacidade de criar ficção e tira tudo do umbigo... É, meu tipo de autoficção não pegou muito bem para uma garota. Que surpresa ver conservadores atirando pedra em mulher. Que surpresa ver moderninhos fazendo isso também. Pra ser justa, foi um livro muito importante na vida de tantas leitoras, que ainda não haviam tido em suas vidas uma personagem mulher vivendo livremente, errando, se estragando, dando a cara a tapa. Sigo até hoje explicando que *Máquina de pinball*, meu primeiro romance, não é minha trajetória, e sim minha criação sobre a trajetória de Camila. Não importa se é verdade; importa que está escrito.

Mas insistia-se muito na questão da autoficção, que, na época, era só chamada de "autobiográfica" mesmo. Imagino se Bukowski passou por isso também, desqualificação do trabalho por usar descaradamente a vida como matéria-prima. Os empregos de merda, as relações vazias, a vida desesperançada de um cara que queria ser escritor e insistia em enviar seus continhos por correio para as revistas da época e recebia várias negativas, mas sempre cheio de boas tiradas, seja nas relações superficiais com colegas, na péssima relação com o pai severo, nos horrendos relacionamentos com mulheres baseados em sexo e bebida em excesso. Sempre escrevendo.

Era essa uma das belezas que eu via na obra do autor. A gana pela escrita. A necessidade de se aliviar nas palavras. O tanto que Chinaski é, na verdade, um solitário e um incompreendido. Não se encaixa em lugar algum, está sempre indo embora e as coisas só fazem sentido quando ele escreve. E me parece que todas as cidades dele são a mesma: uma onde se transita por um submundo de desempregados, bêbados, putas e trapaceiros, apostadores de cavalos e desesperançados em geral. Poderia ser qualquer lugar nos Estados Unidos, mas pra mim é sempre Los Angeles, a Los Angeles que conheci por meio dele.

Azar de quem romantiza essa existência deprimente; o autor não consegue ter controle do que é feito de sua obra, e é por isso que hoje temos tantos estereótipos de leitores de Bukowski com um violão, um coque samurai e uma camisa semiaberta recitando trechos de obras que às vezes sequer leram. Triste, mas temos.

*Factótum* me lembrou dos dias nos quais tentar escrever era mais importante do que viver, ou morrer. E me lembrou de um poema que traduzi há mais de duas décadas e usei de abertura para a primeira edição de meu segundo livro, um poema que, muitas vezes, quando eu andava por aí achando que estava abaixo da linha Chinaski de vida aceitável, me fazia lembrar o porquê de eu ser, ou ter sido, tão apaixonada pela poesia dele. Era tudo ou nada, e isso fazia sentido. Era tudo. Escrever era o que havia.

## Jogue os dados

Se você for tentar, vá até o fim.
Senão, nem comece.

Se você for tentar, vá até o fim.
Isso pode ser perder namoradas,
esposas, parentes, empregos e
talvez sua cabeça.

Vá até o fim.
Isso pode ser não comer por três ou
quatro dias.
Pode ser congelar em um
banco de praça.
Pode ser cadeia,
pode ser o ridículo,
chacota,
isolamento.
Isolamento é a bênção.
Todo o resto é um teste na sua
resistência, de
quanto você realmente quer
fazer aquilo.
E você vai fazer.
Independentemente da rejeição
e das piores dificuldades,
e será melhor do que
qualquer outra coisa
que você possa imaginar.

Se você for tentar,
vá até o fim.
Não existe outra coisa que vá te fazer sentir
isso.
Você estará sozinho com os
deuses
e as noites se inflamarão em
chamas.

Faça, faça, faça.
faça.

até o fim.
até o fim.
Você guiará sua vida direto para
o riso perfeito,
a única briga boa que existe.

*Clara Averbuck é escritora, tem nove livros publicados e obras adaptadas para cinema e teatro.*

# Dias de sorte, dias de azar

Ambientado no desfecho da Segunda Guerra Mundial, o romance *Factótum*, de Charles Bukowski, é uma narrativa crua e brutal sobre a condição humana nos Estados Unidos da América em meados do século passado. Profundamente urbano, o livro apresenta aspectos sombrios da experiência moderna ao descrever uma sociedade mórbida e disciplinada, seja no ambiente do trabalho ou nas relações familiares.

A década de 1940 não parecia promissora para a classe popular americana. Os empregos, além de instáveis, pagavam salários miseráveis e o custo de vida geral se tornava impraticável entre os que não possuíam privilégios. É nesse contexto histórico que Charles Bukowski irá desenvolver seus personagens, levando-os ao limite da sobrevivência e a um forte desejo por liberdade.

Henry Chinaski, personagem central do romance, é um narrador carismático — tendo em vista sua renúncia aos padrões morais recorrentes nos lugares de convívio — com o qual nos identificamos já nas primeiras páginas do livro, quando chega em Nova Orleans como um verdadeiro estranho em busca de recomeço. Saíra de casa pela incompatibilidade com o gênio violento do pai, homem sádico que gostava de destilar sua raiva do mundo sobre as pessoas que estavam ao redor dele.

Ao deixar a rodoviária passa a procurar as pensões baratas e os bairros pobres, descrevendo, a partir desses lugares, as relações sociais e os códigos de conduta que regem o encontro das pessoas nos espaços públicos e privados da vida. A aventura de Chinaski por essa e por outras cidades do país pode ser descrita como quixotesca, considerando a série de obstáculos que enfrenta enquanto procura, sem sucesso, ajustar-se às regras de convivência.

Em muitas reflexões feitas pelo narrador é possível perceber a desconfiança dele sobre a pretensa ideia de realização do sujeito no mundo moderno, da possibilidade de completude humana, uma vez que as ações individuais estão limitadas pela subordinação a variadas hierarquias. Ao contrário, Chinaski sugere aceitar o horror da existência e o sofrimento como partes indissociáveis da natureza humana.

Mas se tal horror e sofrimento, expressados na disciplinarização dos corpos e no achatamento das virtudes, era um empecilho para se encaixar no modo de vida dominante, para se sentir pertencente a um ambiente familiar, era sobre tal disciplina e achatamento que Chinaski retira o material para o trabalho dele como escritor.

Neste ponto, criador e criatura, Charles Bukowski e Henry Chinaski, confundem-se em particular, ambos tentando a vida como escritores em um mundo em que a literatura não parecia interessante ou mesmo necessária. Havia leitores, certamente, mas o trabalho ficcional levado adiante pelo personagem é ao extremo solitário e decepcionante. Seus contos são majoritariamente negados por revistas especializadas e quase não são descritas, ao longo da trama, cenas onde a literatura tenha alguma popularidade.

Como, então, ser feliz ou experimentar qualquer gesto de liberdade em uma sociedade onde os indivíduos são atropelados pelo cansaço e submetidos a técnicas de controle e vigilância? Examinar essa pergunta em *Factótum* é também propor uma comparação com o tempo histórico em que vivemos hoje, passados quase cinquenta anos da publicação do livro, tendo em vista que, atualmente, o neoliberalismo torna o trabalho mais precarizado e a virtualização das relações humanas produz um efeito de sentinela constante.

Para Charles Bukowski havia uma forma de escapar da ideologia dominante e do controle sobre os corpos. Isto é, ainda que reconhecesse as dificuldades para que os sujeitos experimentassem ações libertárias e percorressem os próprios desejos em um sistema disciplinador, o escritor observava ser possível encontrarmos maneiras de transgredir a ordem e refazer o itinerário preestabelecido pelas instituições sociais.

Todavia, era preciso certa coragem para burlar a normatividade, uma vontade única de não se deixar levar pela publicidade e pelos discursos autoritários, era necessário, enfim, reconhecer os lugares e as pessoas com quem se poderia partilhar a intensidade e potência de agir ante a dormência produzida pela sociedade industrial.

Henry Chinaski encontrará, por vezes, esses lugares e essas pessoas. O bar e a pista de corrida de cavalos serão os espaços onde o personagem verá diante de si uma variedade de expressões faciais e uma atmosfera pulsante capaz de fazer os frequentadores provarem sensações ambivalentes, desde a glória até a ruína.

São lugares onde as pessoas apostam suas vidas delas, suas parcas economias, para que algo faça sentido ou para que ousem sair do estado de letargia predominante nas relações de trabalho e familiares.

É em especial nos bares e nas pistas de corrida que Henry Chinaski encontrará a emoção para viver, fosse por uma rodada de cerveja paga por um desconhecido, fosse porque um cavalo não cotado como vencedor ganhava o páreo. Há uma belíssima cena do romance em que Chinaski e Manny, um colega de trabalho na loja de peças de automóveis, arquitetam um plano para sair do emprego e chegar a tempo de fazerem as apostas no hipódromo. A situação é improvável, considerando o horário do fim do expediente e o horário em que fecham as apostas para a última corrida do dia. Entretanto, vale o risco. Eles saem em disparada, como dois cavalos na pista, furam os sinais vermelhos, chegam ao estacionamento do hipódromo e correm por dentro do túnel que os levará à bilheteria, as janelas onde pegarão o bilhete premiado.

Não há em todo romance cena que melhor descreva aquilo que Charles Bukowski provocou em seus leitores. Era preciso procurar as brechas e correr o mais rápido possível para escapar da normalidade e da letargia. Era preciso que o amor tivesse a radicalidade de um vinho barato e a loucura selvagem dos que sabem não ter outra chance. Era preciso procurar o próprio destino mesmo que no fim não houvesse nada. Era preciso ser como um jóquei sobre o cavalo, saboreando dias de sorte, amargando dias de azar.

*Marcus Vinicius Santana Lima é historiador,*
*poeta e pesquisador das relações entre história e literatura.*

Este livro foi impresso em 2023, pela Lisgráfica, para a HarperCollins Brasil. O papel do miolo é pólen natural 80 g/m².